主编 凌翔 当代作家精品·散文卷

生命中那些不可辜负的美好

施柿 著

天津出版传媒集团

天津人民出版社

图书在版编目(CIP)数据

生命中那些不可辜负的美好 / 施柿著. -- 天津：天津人民出版社, 2023.1
（当代作家精品 / 凌翔主编. 散文卷）
ISBN 978-7-201-19078-5

Ⅰ. ①生… Ⅱ. ①施… Ⅲ. ①散文集—中国—当代 Ⅳ. ① I267

中国版本图书馆 CIP 数据核字（2022）第 239149 号

生命中那些不可辜负的美好
SHENGMING ZHONG NAXIE BUKE GUFU DE MEIHAO

出　　版	天津人民出版社
出 版 人	刘　庆
地　　址	天津市和平区西康路 35 号康岳大厦
邮政编码	300051
邮购电话	（022）23332469
电子信箱	reader@tjrmcbs.com
责任编辑	岳　勇
封面设计	邓小林
主编邮箱	jfjb-lx2007@163.com
印　　刷	三河市金元印装有限公司
经　　销	新华书店
开　　本	710 毫米 × 1000 毫米　1/16
印　　张	13
字　　数	200 千字
版次印次	2023 年 1 月第 1 版　2023 年 1 月第 1 次印刷
定　　价	49.80 元

版权所有　侵权必究
图书如出现印装质量问题，请致电联系调换（022-23332469）

文字的七种香（自序）

有一位文友说，她的父母批评她，天天写写写，家务活儿一样不会，我们老了，你怎么办呢？以后你天天要被儿媳骂，快三十九岁的人了，一点都不懂事，不听话。

我不知道是否大多数写文字的人都有这困惑，反正我身边不少人是这个状态。总是有"叫停"的声音在耳畔聒噪。

我也遇到过。当别人不屑时，我心里也会沉默自问：是啊，我到底在干吗，文字，都带来了什么？

与名利一点不挂钩。古来读书码字的人，多数穷。百无一用是书生，因为心思在书上，在手底的键盘上，因此生活能力还真叫人怜见。

以个人的感受，当没有什么快乐足以取代码字带来的快乐时，还真是难以放下。尽管有时也迷茫，码字这活儿，有点像鸡肋，食之无味，弃之可惜。

于是，面对迎面而来的质疑与劝止声，只嘿嘿地笑着，然后还是继续码自己那些被视为无用的字。

于别人或许无用，于当下的我却是有用的。试可数出几点好处来。

第一，减轻了苦恼。当我遇到想不通的事件时，通过码字，将自己的不满、伤心，发泄了出去。有心理学家曾说过，这是个很好纾解压力和焦虑的方法。

第二，帮助找到问题的解决之道。当遇到困惑时，我也喜欢写，写这个事件的起始，在哪里迷路了，写着写着，事态看清了，问题理顺了，该处置的方法也浮出水面了。

第三，打发了无聊的时间。有时幸运地有些闲暇时光。可是，闲又不尽是好事，不等于都能让人享受悠闲、恬然，有时，也会让人闲出神经病。而这时候，简单的家务，根本就抑制不了胡思乱想。也或者人会百无聊赖，什么事儿都不想干，只能任错乱的情绪将自己吞噬。这个时候，唯有写，才能抵抗突然的兵荒马乱，让自己回到安宁的国度。

第四，消解孤独。作为大人，很多时候，我们会陷入孤独的疯狂中。此时，想遍了所有的人，亲人、朋友，可是没有一个人，能够于此时拯救你。要么人家有自己的事，要么你的情绪根本无法向任何人道出。这个时候，只有写，才能让自己得到拥抱，用一束光照亮一个人的黑暗。

有一个文友，发生过脑梗，还在码字，当我在她的文章下留言，赞她很励志时，她谦逊地说"我是闲得无聊，哈哈"。三分之一是闲，三分之一是希望找点寄托，三分之一是自嘲。文字，给了她陪伴，在她闲时、一个人时、心有所想时。

我是内心戏码比较多的人，这或许也就是所谓的闲则生非。对于忙得要命的人，是不可及的幸福。对希望有点价值感的人，却是不太妙的事。我称这种状况为幸福的苦恼。有闲自该珍惜，可是无可适从，觉得时间白白地流逝，那感觉也有丝丝叫人乱。

所以说，这文字的第五点好处，大概就是能为不甘庸碌的人，提供一星希望之光，让 ta 向着模糊的梦想一点点靠近。

我的一些文友，会经常发一些文章给我看。多数是描写生活中的趣事，从字里行间，我感受到了他们单纯活泼的思想，以及被浓郁的烟火气息包围的幸福，这就给人一种美的享受和熏陶。因此，这文字的第六点好处便是，让你感受到美好和生活的意义。

人们不可能总是为了生活奔波，也有那么一刻，精神会从物质的藩篱里跳出来，需要来一点喂养。这个时候，文字的作用就得以发挥出来。好的文字，能唤醒心的知觉，让人活出亮光来。

这是我想到的文字的第七点好处。因此，要向一直在文字路上前行的人致敬。因为文字码到一定阶段，是会像窖藏老酒一样，发出香气来的。这当然有一个漫长的发酵过程。作为写的人要有耐心等候。先有文字的香，然后有了写者的香。再然后，有了读到的人，感受到香，浸染出灵魂的香。

愿文字的香，缭绕满天涯，香了你，也香了 ta。

目 录

第一辑　梦想不可辜负
——拼尽全力乘风起舞

偶遇喜欢林徽因的女孩　002
带光环的女同学　005
奔跑者得生　007
建一支舞蹈队，你参加吗？　008
笑过了，就是收获　011
傲骨才女　013
认真而漂亮的老师，终究会带出优秀的学生　015
生活是好玩的　017
不能惊艳谁的时光，就从容自己的岁月　019
桃树的枝头开着桃花的梦　021
如果你有愿望，那就一路向它奔跑　023
乔先生的阳光与乔夫人的月色　025

书香女子　027
闯过鬼门关的女人　030
送杂志的男孩　033
只为拥有的欢喜，不为得不到的沮丧　036
跑过撒哈拉沙漠，他是如何做到的？　038

第二辑　父母不可辜负
——我们都是世间的小儿女

下雪了，想起爸妈那些"不许我回家"的情景　044
大包小包，带的是爱，装的是时代　047
十月回到幸福村　050
妈妈为我的这一天　053
婆婆为我山中去求签　056
小气父亲给我的教育　059
触动我心的一幕　061
有一种幸福叫带上妈妈去看看　064
女儿心　067
远去的身影　070

夏日闲坐把天聊　072
艺术家为何总爱留长发　075
陪爸爸打牌的人　078
深秋时节回到幸福村　080
孩子，请选那条难走的路　082
到表姐家吃饭去　084
求"输"有点难　087
我家的"五子登科"　089
伴以学习的青春，是最美的青春　091

第三辑　情谊不可辜负
——春风十里不及你的笑

谁言寸草心　094
微小的善意，也让人很开心　097
老爹爹在哪里呢？　100
父亲丢官　105
紫薇花开了　108
春风十里不及你的笑　112
千年跨越　114
祭祀祖先才是头等大事　117
柳色绿，梨花白，又是一年清明还乡祭祖时　119
回到那年　121
爱你就大声说出来　123
出门有喜　126
美女的生日宴　129
平淡岁月中的温情　131
值班的，不被当人看的　133
提一盏灯，照亮彼此的人生　135

第四辑　花木不可辜负
——幸福是何时来敲门的

花事依依　138
乘着快车去南京　141
眼界宽一点，欢乐多一点　144

妈妈不许栽桃树　147
又见小院瓜果盛　149
危险的扁豆　151
花的邀请　154
幸福因你而盛开　156
幸福是何时来敲门的　159
下乡日记　162
中秋在幸福村　165
多彩盐城　168
曲阜印象：见证一种树精神，服了！　171
春日携友同游，觉时光甚好　173

第五辑　美食不可辜负
——抵不住溱味的诱惑

美食的故事　178
腊月里特有的幸福事　181
就这家面馆　184
城里人的早餐　186
江南人的面馆　189
稻谷收了　191
排队等烧饼及巷口择菜　194
买海鲜去　197

第一辑　梦想不可辜负
　　——拼尽全力乘风起舞

偶遇喜欢林徽因的女孩

这是昨天的事。但此刻我仍念念不忘,那女子的模样,犹款款地在我的眼前。

早晨上班,经过路边永源放心早餐摊点,便停下来想买个手抓饼带去上班。在这里买早饭的人真多,所以要等。

看着来了又走,走了又来,以及站在摊点边上等候的人,我不免想:现在的人,为啥都不在家吃早饭呢?有个小孩,也就五六岁样,估计是他妈妈送他去参加暑期兴趣班,也这么早啊?他从他妈妈电瓶车上跳下来,直奔摊点,台子上一把抓起两只蛋糕,又转到台子后的纸箱中翻出一盒牛奶,那样子,似乎这摊点是他家的似的,老练得很,动作娴熟得让我直瞪眼。

三番五次问过我的手抓饼好了没,摊点夫妇一边忙碌,一边告诉我,再等三个鸡蛋饼就轮到我了。天很热,站在摊点的大伞下,又撑把小伞,那汗还是一个劲地往外冒。正焦躁着,不经意一抬眼忽瞥见一袭清凉。

一个二十岁左右的女孩,着一袭淡青色薄款牛仔布连衣裙,戴一顶米白色宽边布帽,撑一把咖啡蓝色布伞,亭亭地立于我的眼前。

那气场,淡而雅,无比地安静。虽然她的气质一下子镇住了我,其实最吸引我眼球的,还是她抱着一本大三十二开的书在胸前。马路边的早餐摊点前抱本书的女子,这景象不多见吧?直接就想到了"北方有佳人,绝世而独立"。

同是爱书人,我不免涎着脸,伸过脖子去瞧,并问道:什么书啊?她浅笑情兮地轻语:林徽因的书。又清波流转,加上一句,我特别喜欢林徽因!于是,我们围绕林徽因说起来。没想到,她一下子如花乍绽,竟然跟我娓娓谈开了。

正当喜悦之情从心头弥漫开时,摊主告诉我手抓饼好了。于是,与她告别。走出一小段路后,我直想:为啥就没跟她要电话号码呢?毕竟是陌生人,不好意思热情过头了。可是真是想折回头呢,她一定还在摊点那边等着。

我终究没有转回去,这下与她失之交臂了。可她如空谷幽兰似的身影,却始终在眼前若隐若现,挥之不去。

到了单位,立即上网查找林徽因的书,可是却没有她手中抱的那本。我又转到隔壁办公室,问两个小同事:你们喜欢林徽因吗?回来又网上查查,也是有人喜欢,有人还讨厌呢。

我对林徽因的作品,也看过一些。不能说不喜欢,但也没能像她那样说及便醺然欲醉的样子。现在的我心气浮躁,一般的书,尤其是离现实比较远的书,不是能静下心来看的。绫子说,能在任何平凡的事情中,发现深意的人,便会活得非常有趣。

她大概便是这从林徽因书中发现"深意"的人吧,而能安静地去读林徽因的她,那么安静,那么优雅,透着隐隐的清淡的幽意,接触她,感受她的这份内蕴于心、外灼其华的气质，也是很有趣的吧。

原来，遇见一个人，还是一位陌生人，也会让你心生欢喜！如果你看见了一位着一袭淡青色连衣裙，抱一本书，爱浅浅地笑而语的女子，请告诉我，下次，我会跟她要电话号码的！

带光环的女同学

高中同学聚会，遇见梅。

晚饭之前一段时间，我与她在宾馆园林内散步。与她的一番聊天，让我对她不由刮目相看了。

说实在的，她在高中时学习成绩并不怎么优秀，但又非常用功。所以我一直认为，她可能不够聪明。

今日与她一番闲聊，才发现，对她的印象，原来一直是错误的。

其实，她不仅聪明，而且很有见识！

读高中时，她上面有三个哥哥、一个姐姐，虽然她最小，爸妈很疼爱她，但她觉得兄妹五个读书给爸妈带来的负担太重，于是，她就特别地用功，但也因压力大，因此，考试反都发挥不好。后来，当她有条件放下这份负担时，学习很轻松，考试便总拿高分。

她大学读的职大，毕业后到上海工作。最初，在高速公路收费管理岗位上，工作也不忙，收入也可以。但有一天，她开始思考：我做这种没有多少技术含量的工作，退休后能干什么呢？

那时她还那么年轻，就有这种想法。哈，我也真是服了她！

后来，她就参加上海交大本科自学考试，后又考得注册会计师，便跳槽到现在的公司，担任财务经理，而且有时还兼职给其他公司代代账。她自豪地说："我现在如果退休了会更好，单位就会返聘我，收入反会更高。"

好一个自信满满、从容笃定的女子！

"我最瞧不起靠男人过日子，不肯自食其力的女人了。"她感叹说。她小叔子的老婆，从一结婚就不工作，只在家中带孩子，每天把自己打扮得花枝招展的。"一个男人如果是看中你的容貌，那他早晚会把你甩了。"当她抛出这个观点的时候，我对她就肃然起敬了。

真不简单啊，曾经在一众如花女生中默默无闻的她，如今已经变成了一个自带光环的魅力女人了！

奔跑者得生

　　一群角马在优雅地食草，看它们的神情十分地安详从容，可是这只是岁月静好的幻象，转眼一群凶猛的鬣狗扑了过来，角马在拼命奔跑逃命，鬣狗在拼命奔跑追赶……

　　这是一场逃不过的宿命，终于，在一番激烈的角逐后，那只优雅的角马成了鬣狗的一顿美餐！

　　这是偶尔看到的《动物世界》中的一档节目。画面上鬣狗的凶悍、矫健奔跑的姿态，让我深深地震撼！触目惊心之余，不由猛想到人的生存，其实不也是遵循着"强者生、弱者亡"的规则吗？

　　如此，在现实生活中，哪里可以慢时光地过？优哉游哉安然度日，某些时候像迷幻剂一般，让人失去进取心，任生命不知不觉中枯萎于人生旅程的荒野上。

　　"生于忧患，死于安乐。"在人生这个战场上，我们不能忽略敬畏之心，相反，必须常怀危机意识，不时警戒自己向前奔跑，把自己奔跑成像鬣狗一样凶悍的猎捕者，至少要让自己奔跑到足以逃生的水平。

建一支舞蹈队,你参加吗?

烦事不肯随风去
总如魔一般把我纠缠
每每想起痛彻心髓
更痛的是无法相信谁
包括我自己
今生无欢
心里一片荒寂
除了痛楚
仿佛没了别的感觉
啊
往日的笑容请回来
安宁请回来
温馨与祥和请回来
请让我感受到这世界有意义

我有的没的，在纸上乱涂着上面那几句话。

或许是身体原因，或许是年龄原因，反正，我怀疑自己陷入了轻度抑郁。其实，对照心理书上的抑郁自测，我哪一种方法测出的结果都是严重抑郁了。

正当情绪受挫，百无聊赖，心的天空一片黑暗之时，一件偶然的事件，扭转了这一切，挽我于沦陷之际。

无意中，从一个好友群中，看到有人提议组成一支舞蹈队，学几曲舞，用于开展活动时配舞。

或许这有助于我改变现在的心境？参加吧。

悄悄与联络人单独聊了下，表达了意愿，立即被拉进了新建的专门的群。

当听说地点在北边，离我家很远时，有点犹豫，可是如果和历次一样，不逼自己一把，我又将还没上场就当逃兵了。

这次，暗暗地告诫自己：尽可能抓住这个机会。

既参加集体活动，又能锻炼身体，且将学的是民族舞蹈，很优美，希望给自己重塑形象、提升气质的机会。

今天，即使去了老家，我还是赶回来参加了第一场的练习。

虽然一群人，不少年龄老大不小了，可是平素爱跳舞的那几位的身材及气质，还是很出挑的，无声地给了我有力的激励。

一共十二位"美女"。

这里要特别提一下联络人，一位网名叫"开心果"的女子，她很自谦，又很热情。写文章，组织活动，帮助别人，她总是最积极的一个。

她此前还参加了跳广场舞，她说："虽然我笨，学得慢，跳不好，但我跳得最勤奋。"她还参加了绘画培训，这个她没有谦虚，自豪地说："我学画画有天赋，理想就是在活动现场作画。"

在准备这次舞蹈练习场地上，她先期做了不少工作，安排"教室"，又提前把"教室"布置好！

如果现实中，不是有这些积极分子，好多活动是不会组织起来的，许多的故事和欢笑也就不会诞生。

所以我由衷地要向她致敬！

教我们舞蹈的桃李春风老师，她正如开心果介绍的，是一位全才型的女子，音乐、写作、舞蹈、朗诵，样样拿得出手。这不，今天教我们的一支舞曲，在分解动作之前，她先伴着乐曲完整地跳了一遍，那优美真是一下子吸牢了我们的眼睛，让我们馋的要掉哈喇子，想学的劲头更大了。

我这次的决定还是太明智了，享受了三个好处：一是新认识了朋友，二是感受到了欢乐，三是学到了技能。

愿我以后能够把这个活动坚持下去，并且能够更多地享受到乐趣，会从多方面有所收获。

现在，已经有人将桃李春风老师的舞蹈视频发到群里了，我多看几遍，先私下里狠练基本功吧。

笑过了，就是收获

又一个周日的下午，再度踏上去往练舞的路上。还记得第一次步履沉重，一路自我宽慰、自我鼓劲，直到踏进排练厅，一颗犹犹豫豫的心才始安定。

第二次因去上海，没能参加，当时竟有一种理由充足借故不去的轻松。

今天，也是再度逼了自己一把。加之，群里桃李春风老师讲，她腰扭伤了，但仍会坚持去，因为她讨厌半途而废，秉持做一件事就坚持到底的原则。

受到触动，我打消了三心二意的念头。

这次出来，心里也减淡了上次的那份沉重，其实情况还是一样，但却不那么忧心忡忡了，看来，从困境中跨出第一步，便会成功一大步。

本想叫一个朋友一起去，我历来患有依赖症，怕落单，做什么事都希望有人一起。她也想去，却因有事，参加不了今天的，我不免失落，只得继续独自前往。

第一次课后，大家录了视频发群里，可是我依样却画不出葫芦，更别提有模有样了。记性好差啊,不看视频,动作都记不住。

此前那个叫"开心果"的女子总是说"我很笨,但我会勤奋"。真自谦!其实她有基础,广场舞跳得溜呢。我谦虚自贬的底气都没有,因为她"勤能补拙",而我,好像拙得无药可救。

尽管如此,也坚持来。因为纵然最终跳舞学不会,但每次都会有一起的热闹,笑过了,就是收获。

况且,万一最后学上了呢!

参加排练,节奏挺快,今天已经站队形。随着队形变化,动作也要变化,也就是说,此前的练习只是个舞蹈基础,并不可以照猫儿画虎,比如,原先向左的动作,现在可能要向右了,原先向两边的动作,现在变成原地转圈了,脑筋得能转过弯来。

发现当老师的为啥都能当领导了。本来,我们都是朋友,大家随意散漫惯了,认为高兴去就去,有事了就可以溜号。可今天,我这个观念要改了。

排练前,桃李春风老师就跟大家打了招呼,口气软和和的,内容却是不客气的,实际上就是给大家立规矩,约法三章了。

第一,规定的时间要来,两次不参加,换人。第二,不随便拉人过来,实在要参加的,须先经她考核一下。第三,排练的第一支舞,目前人员全部上台表演(这么一来,每个人就得自加压力,届时亮相秀的是自己,糗的可也是自己)。

短短几句话,绵里藏针,我的组织纪律性立即上来了,过去散漫惯了的习惯也暗暗下决心要戒掉,还有,排练一结束,我就主动约请桃李春风老师给我上小课,以补上前一堂课的缺,并决定以后一应活动服从排练。

哈哈,凡事上规矩才能成功啊!

傲骨才女

  又踏上了这条熟悉的路，奔向我的第三堂舞蹈课。
  走近文化馆，见门前簇满了送孩子参训的家长，而进入馆内，往四楼排练厅时，见每层走廊里都或多或少有在等孩子的家长，多数在看手机。我就想，这些家长送孩子学这样，学那样，自己又学什么了呢？
  习惯性地，又有两三个人来迟了，桃李春风老师说，做老师的不会迟到，做医生的不会迟到，只有做公务员的会迟到，平时散漫惯了。
  我不免觉得脸红。
  她又拿自己举例说，上课一点也不可能迟到，不可能早退。生病了也坚持把课上到底，直到住到医院去，才会离开教室！
  或许因为切身经历，她讲得十分动容，我听到钦佩不已，对她更比之前刮目相看了。
  一个人，只有近距离观察，你才会发现，原来她身上有哪些个震撼人的精神。
  今天队形及舞蹈动作有大的变化，这都是桃李春风老师根据效果现场新编排的。此过程中,她又一个基本动作一个基本动作地给我们纠正。我发现,此前我照着视频练的根本不行,一个是依样画葫芦只模仿了个形,却没有节律及韵味美,同时,不仅动作不标准,有些动作还漏掉了。看来,学东西一定要拜师学艺,自学搞不好就走样了。

可能是为了偷师学艺,排练结束后,开心果提出小聚,于是,桃李春风老师、郭医师,我们四个人一起到附近的咖啡厅,点一壶花茶,絮语开来。

此间对桃李春风老师的了解又进一步多了。我惊讶地发现,她不仅能唱能写能舞能诵,而且还有一门功夫也是了得:剪纸。从手机里看了她的剪纸照片,十分漂亮,把我惊呆了!

她还有一能:配音。

她与我是老乡,可是我方言很重常惹人笑话,而她却一口普通话字正腔圆。原来,她小时生活在兵团,因此打小就讲普通话。而且那边的知青多,也多能拉能唱,对她影响很大。那时,她便迷上配音,与妹妹两个人,常常一边干活,一边就对配电影台词。她配男角,妹妹配女角。

听开心果讲,桃李春风老师还在网上开设了《红楼梦》讲座。

桃李春风老师说:"我有两个梦想,一是带一支民族舞蹈队,现在跳广场舞的人多,但是民族舞更优美。另一个梦想是带出一支剪纸队。"

当她说及以后会教我们各个民族的舞蹈时,我以为她是舞蹈专业出身,她却说,"我是教数学的!"

啊,世间竟有这样的奇女子,我佩服得五体投地。

人长得漂亮,又多才多艺。而且还很低调,一点也不张扬。身怀这么多技艺,从不主动示于人。甘于平淡,只安静地在三尺讲台前,为一批又一批的小朋友,无私地奉献她的人生。

现在又把她的舞蹈技能无偿地传授给我们(本也是一群素昧平生的人)。自从和她及一同学舞的几个人在一起后,我的欢喜一点点在增加。

认真而漂亮的老师，终究会带出优秀的学生

　　第四次排练了（我的第三次），到点时人基本上齐了，有个别迟到一两分钟的，还悄悄嘀咕：老师会生气的吧！

　　这稍稍的迟到，其实还是有原因的哦。

　　原来，这次排练要求统一着黑色的上衫，以便拍照。有一两个人忘了，临时到附近店里去买，这才因此耽搁了一点点时间。

　　一贯积极的开心果就又自发地给大家念紧箍咒了，"老师这么辛苦地教大家，我们可千万要认真，轻易不要请假，不要迟到和早退"。

　　瞧，不知不觉，敬重老师付出的意识，已经在大家心里悄悄地生长出来了呢。

　　听了开心果的话，我赶紧表白说，"我可是从老家赶来的。上午还在田里与爸妈一起劳动，下午穿着沾满泥巴的鞋子便进了排练厅，我的故事很感人吧！"

　　大家都笑了，也纷纷说起各自克服困难与不便，坚持参加排练的故事来。

严格加上以身作则的桃李春风老师，看来是非常有号召力的，短短几次活动，就把大家紧紧地凝聚在一起了。

老师这段时间，腰扭伤了，上午针灸过，下午就来教大家。有时大家实在看不过去，搬张凳子请她坐着，可她还是坚持站着，等大家跳完了，这才松口气，坐下来，下意识地叹道："啊，一身汗，累死了。"一边说，一边拿团扇轻轻地扇着。

这样的老师，怎不感人！况且，这初起不过是不大相识的一群人随意那么一叫便在一起玩的，有些"乌合之众"的况味哩。又不是收费的培训，在逐利的年代，有多少人愿意把自己的才艺无偿地教给大家啊，还赔进了那么多宝贵的时光！且教的又是一群没有基础、笨手笨脚的大妈！

但得春风吹，何愁花不开。有这么认真而漂亮的老师，我们这帮"学生"，自然会一日一日地走向优秀。

回头细思，四堂课下来，在这个群体中，大家不仅感受到了快乐，学会了舞蹈，日渐养成了守时、互助、付出的自觉，不知不觉中还结下了温馨的情谊，更重要的，渐渐唤醒了一颗欢喜的心。

生活是好玩的

今天又是练舞日，大家在群里，昨晚就喊上了，期待着今日的排练。桃李春风老师说，我们的口号是：玩，我们是认真的！

今天，到时间点时，人员齐刷刷地到了，守时准点，大家已经做到完美。

老师说，今天，要把动作卡到歌词的每个字上。

果然，开跳就不放音乐，一个动作，一个动作地再示范，在哪个字上停顿，在哪个字上转身，然后再反复连续练习几遍。

差不多了，放音乐，连起来跳。至此，一支曲子算是全部拉练完成，队形和动作都定型了，剩下的就是要练习娴熟，演绎出一支舞的美来。

而我心理上的压力也渐渐遁迹，虽然仍觉着路远，若是离家近再有这么个活动那才更是锦上添花。

但是那也无足轻重了，现在走在路上时，已经是迫不及待，怀着期盼与喜悦。

群里，大家不时交流，在家坚持练习，有的人，甚至在班上也心里都痒痒地想跳，每每跳起，便觉得心里美滋滋的，无比的愉悦及快乐。

有的甚至全家总动员，家人也参与进来，一同感受跳舞的乐趣。不少的欢乐，像炒豆子一样，噼噼啪啪地在群里笑开了。

同时，大家已雀跃着、期盼着、议论着下一支舞学什么了。

而我个人，也由最初的怕去，不想去，逼着自己去，到现在的迫不及待，似乎渐渐上瘾。

学跳舞让我相逢许多意外的所得。

克服了散漫，

做到了准时，

不再被惰性相缠，

由消沉变得积极，

更易感快乐了，

觉得这个世界有趣起来，

结交了热情的朋友，

重拾自信，

苏醒了感知美、享受美的知觉，

……

收获良多，不一而足！

而最核心的收获是，我明白了，认真地去做一件事是多么快乐，认真地生活才是一个人最美的舞姿。

耳边又响起桃李春风老师的声音："挺直后背，收腹，慢慢地转，微笑，我很美……"

仿佛自己已经具备了这样的气质与姿态似的，真的觉得自己是一位美丽而优雅的女子。

舞曲响起来，谢谢桃李春风老师，谢谢舞蹈群里的各位伙伴，和你们在一起跳舞，真好！

不能惊艳谁的时光，就从容自己的岁月

面对生活，我常常有种无力感，总觉得自己很渺小，想要实现的愿望，不是太曲折难达，就是一开始便潦倒收场。

每天都小心地行走在自己的人生轨道上，应对着周围的人和一切事务。年龄越大，胆子越小，生怕一个差池，带来什么麻烦。

也留心寻找生活中的亮点，尽量让自己的心情明媚，让幸福树在心头绽放淡淡的绿意。

越来越发现，我付出十二分的努力，往往也只能收获小小的果实，甚或落个颗粒无收的惨淡下场。

更何况，我的力气越来越小。小朋友雨后春笋般成长起来，而我，一日一日，夕阳向晚。于是，偃旗息鼓，转过身，收回渴望外面精彩的目光，开始寻求内心的淡定与安宁。

其实，打一开始，我们希望在人堆里成为会发光的那一个，本就大错特错，终致自己迷失了方向，不知所往。

我们既不甘于人后，又茫然不知所措。我们一直惶惶难安，不知道

自己究竟要什么，就是因为总以社会潮流为风向标，以他人的认可为价值衡量。

正如庄子所说："丧己于物，失性于俗。"我们越来越弄丢了自己。没有自信，没有快乐，也没有安定与从容。

我不能成为谁的骄傲，也不能让谁来羡慕我。所以我不必苦心砥砺，为了让谁笑。我不必蝇营狗苟，以博取他人的敬重。

在单位里，我不要去跟谁攀比能力大小、职位高低。弄个微信公众号，码俩字，也不必去考虑大家喜不喜欢。子非鱼，焉知鱼之乐。我非他人，怎知他人所好？还是先愉悦了自己吧。

最好的人生状态是，常问自己喜欢什么，能干什么，一件事，能做到多大份上。如果有十斤力气，担起八斤就给自己点赞，九斤，就要好好奖赏自己一番。

杨绛先生说，我们曾如此渴望命运的波澜，到最后才发现：人生最曼妙的风景，竟是内心的淡定与从容。我们曾如此期盼外界的认可，到最后才知道：世界是自己的，与他人毫无关系。

三月桃花四月梨，五月蔷薇正离离。每一种花都只能盛开在自己的季节里。

我就这点能耐，无法惊艳谁的时光，就努力从容自己的岁月吧。最近我在练普通话，几十年的方言哪是一夕所能改变，但每天进步一点点，我自个乐。

桃树的枝头开着桃花的梦

草长莺飞二月天。参加一场"我送春天一首诗"主题诵读活动,其间几幅画面让我铭感于心,激动不已。

他,携爱人双双赴会。过去,我以为他是文艺工作者,因为此前活动,见他各种才艺几度惊艳现场。却听他爱人介绍说,他是一名机关工作人员,业余酷爱文艺。"他做事太认真了!"听了他爱人由衷的赞叹,我明白他为什么才艺那么显目了。

认真的人,早晚会让自己闪闪发光。

她,一位年轻妈妈,带着自己的小女儿特地从海滨县城赶来。一袭淡雅衣饰,端庄娴静。一旁的熟人夸她"特别能写"。而当她登台朗诵诗歌《三月,请进》时,全场被她精彩的演绎震撼了。怎一个声情并茂,怎一个身临其境!台下观众纷纷打听"她是谁啊?"。

返回时,与她同车,听了她讲自己"追着主持人学习"的故事,对她先前的精湛诵读,心下不免感叹"原来如此"!

她,一名清秀的小女子,在圈内却是知名的大诗人一个。她的诗,在各诵读平台频频被采录播出。正如主持人介绍时所讲，"读她的诗，以为是一位阅历丰富的年长女子，一见面，啊，小姑娘！"

当被采访为什么那么热爱写诗，那么"高产且高质"时，她说，你有什么样的态度，便有什么样的生活。你看生活如诗，你便会做诗人，就好像蜜蜂必然在花丛中。诗人是幸福的，因为诗人处处感受到生活美如诗。

她，现场作画相赠在场嘉宾，祝福每个人都拥有如花的人生。虽是一名业余画画爱好者，却蜚声省内外画坛。为有今日，她曾几度走进名校深造，每次一学便是数年。常常"为钻研画艺彻夜不眠"！

想起那句诗，"梅花香自苦寒来"。

另有几位平日认识的女老师，现场相逢，再度见识到她们"认真到魔"的样子。每次她们参加活动，从着装的搭配，到内容的创作，到演绎的细节，都极其精心地准备着。处身其旁，会真切地感受到她们气质里散发出清芬的气息。

认真并执着，就是诗。正如那位年轻的女诗人所说："桃树的枝头，必定会开出桃花的梦。"认真而执着的人，美如花！

如果你有愿望,那就一路向它奔跑

早上又听朋友说了一件事,让我感觉到自己想要实现的小心愿,又多了一道障碍。

其实,人生很多时候,事与愿违。任你怎么痛苦,也于事无补,有时,世界会将你遗忘,留你一个人在荒野里恐慌。

太多人会有这样的经历。昨天还有一位熟人也和我说到,每个人都只向世人展示开心的一面,而身后,不是这样的。许多不好的事,都没有说,只默默地吞下。

即使我们用忙碌,用眼前的娱乐,来让自己忽略内心的受伤,可是,一转身,我们还是要面对。

当我们感到受伤,也说明我们有想法。如果我们什么愿望也没有,那我们或许就不会有受伤的痛苦。

但小时候的课文里,吴晗就说过,所有的人都有"梦想"。大到站在世界的顶峰,小到想在躺椅上小憩一下,都是梦想。

如果我们能够承受,愿望实现过程中的阵痛,那就继续努力。如果路已经走不通,那就适时拐弯。

在新的方向上,我们还是要坚韧地努力。只要我们心里有想法,只要我们感到苦恼,我们就只有努力。

受伤只是一种情绪,它告诉我们的,只是我们的愿望受阻了,这只是一种状态。所以我们不要在这种情绪里纠缠。因为这种情绪,会给我们更多的伤害。

只有努力,把这种情绪甩到身后去,我们才会向愿望更靠近。

生活在这个世上,没有谁不会有愿望。没有哪一个愿望,在实现的过程中,只让人品尝甘甜。相反,过程往往都是荆棘密布,让人遍体鳞伤。

但你要相信,受伤越多,说明愿望越是美好,越是那种轻易不会摘取到的瑰丽。而当熬过了所有的受伤,你收获的回报,也一定是安逸者所无法企及的。

不要害怕受伤,不要在伤痛里哀怜。也不要因为伤痛而停止前行。没有谁是天生的宠儿,所有灿烂的笑容背后,一定都曾经历过万千刁难。

不要妄自菲薄,看不起自己的努力,每一个你想要的愿景,都是最好的。没有谁的成就更了不起,谁的获得更尊荣。

以前曾听过一个故事,讲美国一位母亲,她有两个儿子,一位当总统,一位是木匠。当有记者问她,你认为你的哪个儿子更出色时,她说,我为我的两个儿子骄傲,他们在各自的领域都是最优秀的。

所以纵横天下的人了不起,而在枝丫间垒起一个小窝的燕雀也一样了不起。只要你心中有想法,你一直在为实现你的想法的路上向前,你就了不起。

向前跑吧,把所有受伤的感觉,甩在身后。记得有句话说过,所有的苦,都有回甘。向前跑吧,想要的愿景一定在前路上等着你。

加油!

乔先生的阳光与乔夫人的月色

今日，听乔先生讲宋诗，颇有收益。

说实话，此前，我对这课程不是太看好。本来宋诗在历史上似乎影响就不大，况且，人们现在更寻求实用性的知识，更喜欢直接性的感官感受，对于诗歌这类风雅又需要慢慢去体味的东西，已经缺少耐心了。

然而诗内诗外，讲座内容及讲座之外，我有不少的感触。

乔先生是一个非常享受宋诗的人。从他的一言一行中可以感受到这种气息。首先，他今天穿一件桃红色的中山装，与宋诗的特征就很搭：把绚烂和工稳做了最和谐的结合。从他这种慎重的着装可以看出，他对宋诗有着真心的礼敬与尊重。

同时，他讲课当中的陶醉的神情和语气也向我们传递出他对宋诗的喜爱。（当然，非专业教授却一心扑在宋诗的研究上，被誉为盐城解读宋诗第一人，足以说明他对宋诗的热爱。）我这里说的是我从现场感受到的他热爱、沉醉于宋诗的气息。

他这种仿佛融入宋诗中的样子，本身就给人一种美感。虽然他普通话不好，反倒给人一种好感。他讲着讲着，我便觉得他就是宋诗，宋诗就是他。

乔先生的讲座，的确起到了帮助听者理解宋诗的美，以及提高欣赏诗歌美的水平的作用。他列举了二十七首宋诗，在"理趣"这个总特征之下，详细阐述了宋诗六个具体的美的特征："身心自由、志存高远、人文情怀、智山乐水、豁达自信、笃信超越。"有许多诗歌，我们过去也读过，但没有读出这样的意境来，所以当时一边听课，一边心里便不由自主地感慨：不来听不知道，听了确实更加感受到了诗歌之美啊！

比如"一枝红杏出墙来"，乔先生认为它指代有生命力的东西没有什么可以阻挡，鼓励年轻人对生活前途要充满向往。又比如"无可奈何花落去，似曾相识燕归来"，诗人传达的是一种遵循自然规律的思想。这些都给了我新鲜的感受，一种新的解读。

这过程中，还有一件事，让我既感受到美，也更对美肃然起敬。

乔先生讲课，他的夫人也来了。讲课前，她在帮着整理电脑，调试屏幕，好像她是助手似的。而开讲后，她则坐在第一排边侧，给乔先生拍照。我坐在她的斜后方，从她专注的样子，感受到她对乔先生的敬重与崇拜。我忽然明白，乔先生为什么能在宋诗研究和开讲中走得远，因为他身边有这个强大的力量，给他源源不断的信心和能量。虽然他自身热爱诗，但他不会普通话，又非专业出身，如果外部缺乏鼓励，向前走是很费力的。

如果你的身边总有一双崇拜你的目光，你一定会觉得你和你正在做的事情妙不可言。

如果说乔先生精彩，那这便由两部分组成，一是乔先生的阳光，一是乔夫人的月色。

一生专注地热爱一件事，全身心地投入，不仅自己乐在其中，品尝到外人不能知的醉美，而且在人群中，也会散发出美的熠熠光辉。

书香女子

"有女同行,德音不忘。"一次赴重庆旅游,有幸与陈深度结识,一路感受着陈对书的钟爱,让我印象特别深刻,以至于回来后的日子里,我还会经常想起。那是一段美好的时光,不仅印在我的脑海里,也渗透在我以后的生活中。

在与陈相处的七天里,感触最深的莫如一个"静"字。从书中走出来的女子,一举一动透显出从容淡定。一路与书如影随形的陈,初见面便让我不由自主地想到《诗经》中那句:"静女其姝!"而以后同行的日子里,陈的这份静美更像是一幅水墨画,不时呈现在我的眼前。

背着装有书的行囊上路

去时,陈便带了几本书。导游说:"旅游,旅游,轻装少包,东张张,西望望。"而陈,却在行李里放上书,备足了七天要看的内容,背着上路。这让我大为讶异。我自认为是爱看书的,但也只带了薄薄的一本

《菜根谭》。"能看得了吗？"我表示疑问。陈淡淡笑着说："习惯了，有数的，一般能看完。"

机场书店前的流连时光

在南京禄口机场候机时，陈抓住登机前的一个多小时，驻足在一书店内看书。登机前，陈买下了三本书。其挑选速度之快，下手之果断，让我大开眼界，感叹不已。若不是平时攒足了购书的经验，又怎会有如此的效率。陈所选三本书，分别是三种类型的：一本散文集，一本北大教授讲座集，一本是阐述民主政治的。陈平常阅读涉猎面之广，由此可见一斑。

舟车上静静看书的身影

一路上，车上，船上，陈抓住点滴时间看书，别人打牌、闲聊、看窗外的山水，都与她无关。她只捧着书，静静地看。尤其在船上时，一江绿水滔滔，两岸青山连绵，大家都忙不迭地用眼捕捉、用相机拍摄。独有她，手捧一书，两耳不闻窗外事。有时，我忍不住对她说，多看看风景吧，千里迢迢，来一趟不易，书么，什么时候都能读，这山水却是难再遇的。她听了我言，就透过窗户看一眼，旋又捧起了书。那专注的样子，仿如夏日里的一朵莲花，静静地独自开着，不受尘俗的纷扰。我无奈的同时，也打心眼里羡慕，能拥有这份绝世之清幽的人，内心该是多么宁静啊！

心口相传读书经

  陈看书时一笔在手，精彩的词句、段落，一边看，一边随手划下来。有心得体会也即时在书页间写下。"你看那么多书，能记得住吗？"当我这么问时，陈告诉我，过后，她会把这些划线的内容打印整理，以后，还会常常复看，写文章时便可信手拈来，且写而不厌，常写常新。此次旅游之前，我便约略知道，陈是单位挑大梁的"一支笔"，原来有这层因素，功夫都在文章外啊！

  书香陈，美丽的女子。受陈影响，旅游回来后，我看书也变得更勤了。若是懈怠时，便会想起陈静静看书的样子，旋即见贤思齐，生出一股动力，捧书而读。处芝兰之室，久之必香。这七天之旅，得以结交这样一位书友，欣之悦之，善莫大焉。尤其在这快餐的年代，陈的静读如一缕清凉的风，常常吹走我的浮躁之气。

闯过鬼门关的女人

朋友康复，设宴答谢她住院期间前来看望的友人。

其中有一美女，据介绍四十来岁，但看上去更年轻些。精致的面庞上，连极细小的皱纹都没有；一头长长的秀发，黑色的水波般披垂至腰际。

她带来了宝贝儿子，一位八岁的少年。跟她如同一个模子里脱出的，眉清目秀，清甜样儿有些像小女孩。

席间数人感慨：长得真像你啊！

她便笑细眯了眼说：当然，亲自生的呀！

后来才知道，她这"亲自"，半点不虚！

小男孩虽然调皮，一会儿跑到外面去玩，一会儿回来，坐椅子上也不是很安静。但是给人可爱可亲的感觉，忍不住就会关注他，要去逗一逗他。

这小孩，情商特高。席上，有位姓何的老师，跟他妈是同事，当他两三岁时，同住校舍里，那时，幼儿的他，前前后后地盯着叫何妈妈。当问他可记得时，小家伙竟然一本正经地说：我记得呐！听得何老师心里美滋滋的。

这小孩，吃饭时，嘴里不停地轻声哼着各种歌曲，不愧是音乐老师的儿子，遗传了音乐细胞。

酒过三巡，席上大家一致提请孩子妈妈唱支歌。

她一点也不忸怩，唱起《在那东山上》。到底是专业出身，那声音真个余音绕梁，把人的心灵都唱醒了。

她一边唱，还一边伴以生动的表情和柔美的表演。歌声悦耳，姿态曼妙。一曲唱罢，大家齐齐地可劲地鼓起掌来。

一会儿，话题又转到孩子身上。她介绍说，当初，她怀这个孩子时，是他们学校的头等大事。

她住在医院里，大家都去看望她。

为啥？

我们听得疑惑起来。

原来，医生说她不能怀孩子！他先生也不肯她怀孩子。

可是她坚持要生下这个孩子！

"五个月，不能吃，不能喝，全靠输点滴维持。"

她回忆着怀这个孩子的经历。

"喝水都会不停地吐，吐！不能见一点光！不能听到一点点声音！当时窗帘全是双层加厚的，她只能躺在黑暗中，像地下冬眠的动物一般。"

怎会这样？我们越发地疑惑，又很愕然。

因为在怀上第一个孩子时，她三十岁，患上绒毛癌，到上海住院。不久，病魔及治疗，让她整个人崩溃了！一次化疗八天，到第三天的时候她就完全瘫掉了，根本没法坚持下去。

当时每天要戳破手指，取血液化验白细胞情况。到后来，护士一拉她的手指头，她就条件反射缩回来，恐怖地惊叫，死也不让护士取血。

当护士抛出气话：你是小孩吗？她便整个人发了疯地号啕大哭。最后同寝室的五六个人按住她，拍着她的背安抚她，这样护士才得以给她扎针取血。

当时，一层楼几个病房里住的，全是得癌症的。四十多岁的、五十多岁的都有。过几天，就会把病床移一移、并一并，换换房间，因为每个房间里，每天都有"走"了的。

她最终熬了过来，成为那一层楼中唯一幸存下来的一个！

出院时，医生交代她及她的家人，以后她不可以要孩子，因为怀孕让这病复发的概率高达百分之五十。

六年后，也即三十六岁这年。她不顾医生、家人的反对，执着地要生孩子。冒着可能会送命的危险，把现在这位可爱的儿子，带到了人世间。

如同跟在她后面进行了一场生死搏斗，听完她的这段往事，现场除了她的儿子，我们无不唏嘘感叹！

佩服她的坚强，她的牺牲精神！也感叹生命太脆弱，能安好地活着，并不是那么容易。

望着长相娴雅、能歌善舞、会弹琴、能作画，一脸洋溢着从容、幸福、神采飞扬的她，无论如何也难以相信，这曾是位年纪轻轻就从鬼门关上走过一遭，且走得那样惊心动魄的人！

多么漂亮又动人的女人！

后来，每当想起她的故事，我便会慢下脚步，无所谓身外得失，用心感受生活的美好。因为活着，健康地活着，就已经非常幸福了。

送杂志的男孩

夏木阴阴正可爱。去乡下，一路上是无尽的绿，广阔的平原地区，目下恰是最富有生机的季节。

我从农村来，这夏日的景致，并未因司空见惯而不觉得稀奇，相反，每一次的相遇，依然都令我顿生乍见之欢。

坐在车内，看着窗外移动的绵延不绝的绿浪，依稀的绿影后也迅速地移动着我们少小时的若干记忆。我们曾在这绿里掰玉米棒，摘香瓜，采豇豆……

虽然已经在城里生活了二十多年，但我始终觉得，还是乡村风景美。可叹的是，我们的父母在农田里辛苦地忙碌着，不像我这个"城里人"有闲情看风景。

但这美景，终归是我们的父母创造出来的，也是上天对他们辛劳的馈赠与弥补。

午后，在宾馆一楼大厅等人。我顺便欣赏起大厅里的陈设。最吸引我的是面向正门的一幅题名"百鸟图"的画。数了数，竟有三十只鸟儿，叫得出名字的有孔雀、锦鸡、鸳鸯。鸟儿们或憩息在石头上，或翩飞在松枝花丛中。那花也是有好几种，牡丹、荷花、小菊花，还有富贵子。把这些寓意吉祥的花鸟巧妙地融于一图，我觉得太神奇了。

赏过画，我便走向大厅东休息区，想在那儿继续等待。这时，一个十一二岁的男孩，捧着一本杂志，虔诚地送给我对面的一位客人。小男孩双手捧送着，像是递名片一般。可是那位客人并不感兴趣。见我很好奇的神情，转而说，给你吧。我欢喜万分地接过来，是当地的一本文学杂志。

我住宾馆时，喜欢带走宾馆里赠送的介绍当地情况的书和杂志。但今天的杂志，前台服务员讲不能带走。

正扫兴，没想到，大厅里却有这么个孩子在送杂志。

那孩子看上去不够机灵，不只是如此，其实那木木的神情，有点弱智的样子。

一会儿，他又过来，送一本给坐在我里边的同事。我就奇怪了，说，为什么他不送我，却越过我送你，觉得你亲切？同事笑着说，可能是因为你站着，这小孩只送给坐着的客人。

因这本杂志，与我刚才得到的那本不是同一期，于是，同事也转手就给了我。我自是心中又生出一分欢喜。

就在我们出得宾馆，准备上车时，又见这男孩，两手平捧着一本杂志，追在一位客人后面。那客人出了门都向右手边走了，他还是不放弃地追着跑了过去。我直想跟上这男孩，让他把这本也给我算了。可是，没好意思。

没得着这一本，心中竟有些许的遗憾。

也不知这孩子是谁家的，是正常就在这里负责给客人送杂志呢，还是，只是今天在这里。又是外面进来的小孩呢，还是宾馆工作人员带来的。一切都不得知。

这不同寻常的遇见，让我既觉着好奇，有得杂志的欢喜，也有对男孩的隐隐的悲悯与同情。

　　回程的路上，再次看着车窗处大片移动的绿色，心情得到了一丝抚慰。我回想着那个送杂志的男孩的样子，他自己好像并不显得痛苦，相反，他给客人送杂志时的虔诚和执着神态，倒似乎流露出快乐来，亦如这满目涌动的夏之绿。

只为拥有的欢喜，不为得不到的沮丧

　　网上购买咖啡，赠送两小杯子，及勺子。
　　拿到货后，拆开包装，取下小杯子，看着十分欢喜。便出去吃饭，顺便做好事，把空纸盒给了快寄店。
　　晚上到家，欣赏杯子，却发现大事不妙，两只小勺子忘记取出，还在包装盒里呢。
　　此时已是晚上十点。心急火燎地想给人家打电话，提醒别把盒子扔了。可是怕打扰到人家，就只好先发了条短信。
　　这心里啊，如猫爪子在挠，都不知这漫漫长夜如何度过呢。
　　第二天一大早，上班时顺便从人家店门口走过。可是门还没开呢。门前收拾得干干净净。心想，完了，说不定人家把纸盒子已经处理掉了。
　　只好无奈地上班。心里一直懊恼这事，怪自己粗心大意。此时，看着那小杯子，就觉得少了小勺子，好像无限地缺憾。
　　中午下班，又急匆匆赶到小店那。幸好，店主在。老板娘先说，盒子已经收拾了，没东西。并拿一只压扁了的纸盒子给我看。

我说，里面的小红盒子呢?

没有啊。

沮丧透顶。这时，老板问，是你昨晚给我们的盒子吗？我又忙激动地直点头，升起希望，连说，是的。

老板说，那个盒子我放在这里呢，还没收。说着，从店铺角落堆得山高的纸盒顶部，拿下一只来。打开，里面两只小红盒子，再打开，哈哈，泡沫边上是不起眼的小勺子哩。

可是拿到勺子一看，大失所望。太丑了。与杯子根本不配套。之前万分焦急期待的心情，化为懊恼与失落，倒有点啼笑皆非了。

下午到班上，把小汤勺放杯子里试试，越看越觉得不搭，反降低了杯子的可爱度。干脆把勺子丢了。

看吧，要是店主将纸盒处理了，再找不到勺子，我大概会懊恼很久，始终会觉得我丢了世界上最好的东西。

现实中许多东西，其实都是这样。得不到，你觉得无限遗憾，恨不得重新拥有。可一旦拥有，不过那样。

所以得不到的不要念念不忘，还是为已经属于自己的东西喜悦吧。

跑过撒哈拉沙漠，他是如何做到的？

查理·恩格，世界著名超级马拉松运动员，曾多次获得马拉松和其他多项长跑比赛冠军。

2007年，马特.达蒙专门为查理·恩格制作的电影《穿越撒哈拉》上映，电影讲述了查理·恩格历经一百一十一天，首次跑步穿越撒哈拉的故事。

查理·恩格并不是天生的马拉松运动员，相反他在大学时就染上了酒精和毒品，成为一名瘾者。最后，他不但成功戒除了毒瘾，而且取得了了不起的成绩，他是如何做到的呢？

最近看他的自传《奔跑的查理》找到了一些答案，还有一点个人的感悟。

1.一个成功的人，必须是自己内心有强烈的愿望

当查理在大学里爱上喝酒，又陷入吸食可卡因的群体中时，他内心

非常后悔，懊悔到猛撞自己到呕吐。他发誓永不再犯，发誓要让一切重回正轨——吃得健康，努力学习，让这正在下沉的船体重新启航。

如果他内心没有觉醒，他又怎会有行动呢！现实中，许多人沉湎于玩游戏、赌博等恶习中，他自己并不认为是错，内心并没有声音对自己说"不能再这样"，他又如何会悔过自新，步上健康的人生呢？

只有一步步走向万劫不复的深渊！

查理整个转变计划的第一步便是穿上鞋子，出去跑步。

心中有了信念后，他便有了行动。

每当他处于兴奋状态无法入眠的时候，他都会拉低鸭舌帽，遮盖眼睛，然后溜出宿舍门，到田径赛场去跑步。以一种痴迷的状态跑步。跑步的人来了又走，但他一直在跑，三十圈、四十圈、五十圈，他加快速度，直到他的脚和肺燃烧起来。

当看书到这里的时候，我也想去跑步，因为我要减肥，查理十七八岁的少年郎，毒瘾都可以戒了，我成年人，减肥还减不了吗？

2. 坏东西不能沾，从一开始就不沾啊！

染上毒瘾，戒掉好难，难于上青天。

查理一次又一次面对爱他的女友（妻子）、母亲发誓，戒掉酒和可卡因，可是他一次又一次失言。他痛苦得把拳头砸在浴室的玻璃门上，鲜血和着流水一起淌。可是，他还是无法摆脱毒瘾。

这其中，沦陷是从小的放松开始的。

当女友帕姆和他结婚，他也正常工作后，最初一有钱，他妻子就给收着。后来，因业绩突出，他获得奖金，他便存了起来，准备攒出一笔后，给帕姆一个惊喜。

可是当他拿出钱时，一个声音在他心里响起：我表现这么好，难道就没有权利放松一下吗?

然后他去了酒吧!一连几天,开始的时候只有两罐啤酒,后来变成了六罐,最后变成了十罐,直到有一天,他完全喝酒。

这时又有另一个声音在他耳边响起:难道我不能享受更多的东西吗?这更多的东西就是可卡因。他又开始吸毒。

所以中国古语讲:莫因善小而不为,莫因恶小而为之。千万不能认为我只是小小放松一下,我只是小小奖励一下自己。只有从"小",从"微",坚决遏阻自己,才能戒除恶习,拯救自己不蹈覆辙。

坏东西不能沾,从一开始就不沾啊!

3. 梦想的实现,有时需要有一起奔向梦想的人同行

和查理一同穿越撒哈拉的,另有二人:凯文和雷。在一百一十天的奔跑中,凯文无数次想放弃,以为自己无法坚持下去,是查理一次又一次的鼓励他,让他抵达开罗,见到金字塔。所以实现梦想,要有共同"一起奔向梦想的人"。

4. 人生有时需要一些妥协及更多地以柔软心对待世界

查理的故事给人以激励,然而书中查理母亲的一生,让作为女人的我心灵受到敲打。

他母亲晚年患上老年痴呆,生活不能自理,最后家人不得不把她送去类似于养老院的地方。

这让我觉得很悲叹,人生真是大梦一场。

他母亲年轻时是有名的剧作家,与查理父亲离婚,再婚。性格刚强的她,生活很不顺遂。

人生如何才能得到岁月静好？

也许年轻时我们要学会妥协，学会让一个人在晚年时可以照顾自己，与自己相伴，让自己不孤单。

还有，活得宽心些，欲望少一些。多从生活中去发现美好、温暖的东西，愉悦自己，也温和地待他人。

或许这样，我们也才能被岁月温柔以待，晚年能够生活得幸福一些。

第二辑　父母不可辜负
——我们都是世间的小儿女

下雪了，想起爸妈那些"不许我回家"的情景

父母子女之间都是过命的，尤其是父母，只望子女安好便一切皆好，从不考虑自己的需要。

这日大清早，就接到爸爸的电话。

平时爸妈不太主动打电话给我们，多是我们打回家。所以我还以为有什么事儿。

接起电话却听爸爸说："这周你们回来啊？不要回来，路上都结冰了。"

原来，是因为我们经常利用周末回家看望他们，他们便照例想到，这周末又到了，我们大概又会回去，可结冰路滑，行车不安全。所以就打来电话，加以阻止，嘱咐我们"安全第一"。

这让我想起过去，每逢大的节假日前夕，爸爸则会一反常例打来电话，"不许我回家"的情景。这样的电话，爸爸说得最多的总是三句话。

第一句："你们打算回来呀？"

第二句："我们不是要你们回来啊。"

而第三句话则是，"你们能不回来就不回来吧！"尤其遇上刮风下雨

的天气，或者下雪结冰的时候，爸爸总是说："你们不要回来，回来干什么，我们都挺好的。"态度很坚决。

我从爸爸的话里听出来，爸妈这是既盼我们回家，又担忧我们一路上的安全。最后，为了我们的安全，强压下了想我们回家的心愿。

公公婆婆也是这样。

上上周末我们在青蒲公公婆婆家。婆婆就说："你们下次就到春节再回来吧，也只剩下个把月了。""这来来去去的叫人不放心！"

是啊，每次我们回家都是这样的画风：

知道我们在回家的路上，就一遍遍打电话问："到哪儿了？"

见我们到家了就迎出巷口笑道："回来啦。"

我们要返城了，就一遍又一遍地说："慢慢开！"直到车子要开了，还对着车窗叮嘱："慢点啊，不着急啊，到家打个电话来。"

拉家常时，不止一次提到，"只要你们一上路这心就悬着，直到你们到家了，心才落地！"

我们对孩子又何尝不是如此。他在外上学，要放假了，要跟车了，我们这心就跟着他"上路了"，直到他到家了，心也才回了"家"。

昨天一个朋友对我说，真希望他在国外读博的儿子早点学成回来，想到他来回要坐飞机，那心里就觉得担忧的不行。

我就安慰他说，飞机是最安全的。最不安全的是电瓶车，其次是自己开的小车，而火车则是比较安全的，最不用担心的就是乘飞机了。

她说，话是这么说，可是这心就是放不下。

身边亲友同事也都说，虽然强烈希望孩子围在身边，共享天伦之乐，可是当孩子为了求学、工作，不得不身在远方时，还是宁可忍下想念的心情，要他尽量少回家，甚至就想，还是不要回来吧。

只要安好就行！

"只要安好就行！"儿行千里母担忧，从古至今，哪个父母不怀有这颗心。

　　此刻，我也想到了在外读书的儿子，忍不住为他祝福，在心里默默地对他说：你若安好，我便幸福！希望孩子们能感知到父母的心，在外记得照顾好自己！

大包小包，带的是爱，装的是时代

慈母手中箱，临行密密装。

早晨，看央视新闻播报节目《朝闻天下》。当看到报道火车站返程旅客，大包小包都装着从家乡带回的各种"好吃"时，真是看得心里感触万分，眼睛发胀，泪涌满眶。

这一袋一袋的，装的不只是年货、地方特产，这装的都是家乡的味道，是父母浓浓的爱意。父母在，我们的心便有了安放的地方，在外面时，再大的风雨都有底气去抵抗。家乡在，我们便有了落脚的地方，在外面时，再苦再累，心里都有方温暖的港湾。

不只是过节，每次回家，我妈都装了大包小包的让我带回。这带的，不只是父母的关爱，还是一种踏实，一种幸福。说明父母还康健，说明父母还有供给我们的力量。说明时代好，日子好过，父母还有富余。

记得春节前几天，我有事临时回家一趟。夜晚才到家，父母已睡下。第二天一大早，天还未亮，我们便又出发。这出乎父母的意料。当时，天冷得很，听到车子发动的声音，妈妈急急地从屋里冲出来，抢着给我们收拾让带走的东西。一会儿到厨房，从碗柜里拿出炸肉圆；一会儿又跑进大屋里，从冰箱里拿出新包的春卷；一会儿又想到在后屋里剥的花生米。外面霜气很重，我和老公都穿着羽绒服，而妈妈因为起来得急，没来得及披衣裳，还只穿着睡时的棉毛衫裤。就这么来来回回地走着，全然不觉户外的寒冷。我和老公一再催促她，过年我们就回来了，不用带很多东西，你赶快回屋去！可妈妈就是不听，驼着背，快跑着，拿这拿那……

可怜天下父母心！在儿女面前，再弱小的身子，再老迈的年纪，都能拼出惊人的力量。我一面感到幸福，一面也感到酸楚。在父母爱我们面前，我永远做不到"不念过往，不畏将来"！

父母多爱我们一分，我这怕失去的心便多重一分。幸福有多浓，忧心便有多深。

每一次回家，我们都被爸妈的呵护团团包围着，任我们在外面多么强大，在家里，在父母身边，我们都变成了"小小孩"，变成了废柴。父母前前后后忙碌着，我们像嗷嗷待哺的幼雏，任父母"伺候"着我们。父母见着我们便欢喜，围绕着我们做这做那。喜欢的东西留给我们，我们喜欢吃的饭菜给烧了许多。临出发了，各种农产品一包一包地装好，塞进我们车里。然后，平时念叨着，这个是我们喜欢的，多带点；那个是我们喜欢的，多带点……

大前年冬天，我爸妈建房子，上梁那天，按照传统风俗，我们回家庆祝。然后返回时，忙得转不开身的妈妈，依然到田里去摘回大白菜，挖回青菜，拔回萝卜，又装了红豆、黄豆、花生，让我们带回。一位在我家帮工的妇女，见我们大包小包地往车上放，就停下手里的活，笑着说：带，带，天下的娘家都姓"带"！

她虽是调侃，可我觉得这一个"带"字，说得真精准！一个"带"字，是一部天下父母爱子女的历史大剧，任多少笔墨也写不尽。一个

"带"字，不只包含了人世间的浓浓亲情，说出了当下父母爱子女的表达形式，这一个"带"字，也是一个时代的情感、文化、文明的浓缩。能够带，有得带，多么幸福！

十月回到幸福村

周六,我们两口子、我弟弟,一行三人,下午回到幸福村。

1

金秋十月的乡下,大美如画,而且是七彩的画。或者说,就是个童话世界。

门前成片的水稻田,金灿灿一片。田头的银杏树,金黄色一片。

碧清如洗的天空下,不时飞过成群的麻雀,唧唧喳喳声一片。风过处,树叶子亦快乐地随风飘舞。我不由套用两句诗:落叶与归鸟齐飞,银杏共水稻一色。

三三两两的农人,在这油画当中劳作。我们走近了时,他们会笑问:回来了啊,回家看爸爸妈妈的。

2

  我们正欣赏着金秋盛景,表姐突然骑着个自行车来了。她到了我家门前麦场上,停车,邀请我们晚上到她家去吃晚饭。

  原来,她家今天请了左邻右舍来帮她家上大棚。乡村现在在家种田的,多是老年人,就自发地互助,有重活、急活,大家一起上,突击做好。然后,主家就招待大家吃晚饭。

  我爸妈八十多岁,不可能帮助表姐忙活,但表姐对我爸妈可好了,每次吃饭都请他们老两口去。"你表姐现在总是叫我们去吃饭。"我们到家,爸爸妈妈就告诉我们这情况。

  今天表姐此前已经和我爸妈说好了到她家吃晚饭,现在是再次来请一下,恰好遇见我们回来了,便叫我们一起过去。

  晚上到表姐家一看,堂屋里摆了两张圆桌,桌上铺着红底白花的桌布。晚上在表姐家吃饭的,共有二十几个人。

  表姐、表姐夫两个人烧菜做饭,忙了两桌菜,本地特色鲜明,口味清爽,大家都夸好吃。红烧肉、蒸肉圆、萝卜烧鲜蛏、豆腐烩淡菜、青椒炒肉丝、炸春卷、青菜豆腐汤……十几道菜呢。

3

  一到家,我发现妈妈把床板拿下来,搭在两张长凳子上,再铺上柴帘子,然后在上面缝被子。

  先生问妈妈,缝被子要穿针,要人帮忙的吧?妈妈说,我用的大婆针,不要人帮忙。

  我们回来后,妈妈帮我们把床上都重新铺好。新洗好、晒好的床单,新洗好、晒好、缝好的被子,就连枕头套、枕巾都是新洗过晒干的。

一床舒适。

这可是八十六岁的老妈妈为我们准备的,我们真是幸福啊!

以前每次回家过春节时,也都是这样。妈妈提前,把所有的床上用品都洗、晒,然后铺在床上。

上床的人,享受到温暖、柔软、舒适,一夜睡得多么香甜。

人生能得如此,岂不是至福!

我很贪心,希望将来我们八十多岁了,我们的孩子也能享受到我们给他们带来这样的福气,而他们的孩子又能享受到他们给带来这样的福气,世世代代都健康长寿、享受如此极致的福气!

4

从表姐家吃过晚饭回来,爸爸上床睡了,妈妈、我、弟弟坐在小院里聊天。弟弟陪妈妈抽烟,一支抽完,弟弟又把一支烟递给妈妈。后来,邻家嬷嬷也过来,四个人一起聊孩子的事,邻居家的事,就这么一直聊到九点半钟。

弟弟怕妈妈受凉了,建议明天再聊,才终止了这场拉家常。

每次弟弟回来,都要这么陪妈妈聊天。妈妈八十几岁的老人,每次儿女回来,她也跟着熬夜。

烟雾缭绕里,絮絮聊天声中,光阴过去了。

妈妈为我的这一天

早晨,我还睡在床上,就听到厨房里传来妈妈在煮早饭的各种声音。

我心里不由暗想,因为夜里睡眠不好,早上我就起不来。而我们夜里起来时,频繁地开门、关门,弄出的各种声响,妈妈也会因此睡不安稳,怎么早晨还起这么早呢?

妈妈可是八十六岁的老人!

待我起来,早餐已经端上桌。菜有昨天煮好的鱼,今早新做的新鲜的韭菜炒百叶。主食是白米粥加月饼。

这么说,妈妈早晨起来,已经完成了割韭菜、择韭菜的工序。尤其择韭菜,可是要耗一定时间呀!

吃过早饭,我和先生继续在"餐厅"里,这里兼任"客厅",因此电视机在这屋,我们便看电视。爸爸也和我们一起看。妈妈照例又不见了影子,我出去找。

发现妈妈在厨房与主屋之间的走廊里剥毛豆。我知道妈妈这是准备剥好了让我们带回去。我嫌这工作量大、麻烦,便对妈妈说:"你别剥了吧，我们直接带荚过去，自己剥。"果然妈妈回应我道："我剥好了，中午炒一部分，还有的就由你们带回去。"

然后妈妈就坐那儿剥了半天，剥了有两大碗翠绿的毛豆仁，用干净的小袋子装了，摆放在由我带走的一应东西那儿。有红豇豆、丝瓜、青椒、黄瓜。

临近11点钟，妈妈又开始烧中饭。她把摘的青椒洗净，切成丝。又坐在小餐桌旁，慢慢地切肉丝。看着妈妈不紧不慢地做着这些，心里不仅暗想：妈妈为了我，哪里就拼得出这等力气来的。记得我家孩子回来，我陪他们去超市购物回来后，都累得不能给他们做饭，而是由先生去做的。

感谢妈妈拥有爱我的力量！

吃过中饭后，爸妈和先生都建议我休息一会儿再出发，我却似乎没有睡意。然后，我发现妈妈没有休息，她还在为我准备东西。我说："你去睡一会儿啊。"妈妈大概见我没有休息的意思，便想和我说说话。她对我说道："我睡也可以，不睡也可以。"果然，我在厨房里泡咖啡时，她就坐在一边，作势要和我说说话的样子。后来我到"客厅"，妈妈也就跟到了"客厅"。一边坐下来，一边说："我也来看看电视。"我们就一起一边看着电视，一边闲聊一些话题。

到我出发时，妈妈又跟到外面来。我上车后，摇下车窗玻璃。我估计妈妈又会像历次一样，坐在门口那儿，看着我离去。果然，我从车窗看到，妈妈安静地坐着，双手箍在双膝前，看向我这边。

过去妈妈可以站着送我出发，现在只能是坐着了。爸爸已经午休，如果爸爸醒着，就是爸爸妈妈双双坐在门口，目送我出发。

这次我在家过中秋，看着一年又一年的中秋月圆，看着一年又一年的门前的农作物：豇豆、扁豆、韭菜花、花生、丝瓜……深切地知道时光的流逝，感觉到我的生命，还有我的父母会永远地消失。

今月曾经照古人，今月还将照后人，今月也曾照过我们，因此，开心地过好每一天，然后记录下百年光阴，是有意义的。

婆婆为我山中去求签

　　因为工作失误，这段时间我郁闷得很，在家中，也不免长吁短叹，有所流露。婆婆看在眼里，急在心里，寻着法子想让我变得开心起来。一辈子在家务农的婆婆，竟然同村里一个差不多年纪的奶奶，坐公共汽车，跑到茅山上找道士给我算了一卦，求了一签。

　　简直壮举，全家骇然。

　　别看婆婆七十岁了，大字不识一个，可是大家闺秀出身，那骨子里的气质还真不是读书能够学出来的。

　　婆婆的父亲曾经是庄子上最大的地主，富裕到什么程度。传说庄上有个打更人，一天夜里打更，忽然瞥见前面月光下依稀有一红一白两个人影，如飘动一般，悄无声息地向前走着。又惊又怕又好奇的打更人悄悄跟在后面，只见，这红白二人，中途分开，红的进了西首一户人家，白的进了东头一户人家，可都是眼睁睁地看着从门缝里进去的哦。这两户人家，本来都是庄上的富裕人家，自那晚后，西首那家越发地富裕了，不仅有良田千亩，且还开了三间店铺。而东首那家，却家道中落，最后竟然潦倒不堪。

这红衣人进去的西首人家，便是婆婆的父亲家。

自结婚以来，我便日益发现婆婆"温良恭俭让"集于一身的大家闺秀的各种气度素养来。

婆婆从来不多言，不多语，总是默默地劳动着。公公是庄上小学老师，又在文艺方面特别有范儿，十指不沾阳春水。因此，家里家外，农活家务都落在了婆婆一人肩上，一年到头，只见她任劳任怨，从无半点不悦或着急上火。

早几年来帮助我们带孩子时，总是把我家里收拾得井井有条，洗、煮、涮、扫，全做得稳稳当当。

虽是自己不爱主动讲话，但与我们谈起心来，那可是有应有答，从容得体。三个姑奶奶也同在一个庄上，离得不远，常常跑来与这个"嫂子"聊天，大事小事要来同她说说，商量商量。我在旁边听着，简直觉得婆婆就是个仪态雍容、可以母仪天下的"皇后"。当然，没有威严，只有敦厚与素朴。

年轻时，我和先生拌嘴、生个气也正常，每当我们两个针尖对麦芒，一个不服一个时，婆婆便会温言款语在旁劝：天有晴天，也有雨天。一个人有好的时候，也有坏的时候，要多想好处。简直可以去当金牌调解员了。我怕胖节食时，婆婆就说，你正好，一点不胖，要多吃饭，蔬菜肥了还不生虫子哩。听得人心里真是舒坦啊。婆婆类似的富有哲理的话语简直俯拾皆是，我们有时都听得醍醐灌顶，佩服不已，觉得从大学里都没学到。不免感叹，好的家教胜似名牌高校。

婆婆有三个儿子，她对三个儿媳特别善待，我便是其中深蒙其惠的一个。人们常说婆媳是天敌，我曾看到现实生活中，多少婆媳之间各种矛盾和争端，这所有的问题，放到我婆婆面前，都会灰飞烟灭。这得归功于我婆婆那海般宽广的雅量。

平日对待我们这三位媳妇，婆婆简直就是做小伏低。初时，还偶尔有哪个媳妇抱怨一两句的，但婆婆硬是默默地把什么都能接得住，后来大家也就不好意思说什么了。不仅如此，婆婆还常常只记得怎么对你好。知道我喜欢吃锅巴，平时用电饭煲做饭，我一回去，就改铁锅，开饭时，总先把一碗炕得金黄的锅巴端到我面前。我最惶恐不安的是，经常我们吃过晚饭坐到铺上了，婆婆会端来切好的萝卜，或者削好的苹果。早晨我们睡懒觉时，她又把早饭端到房间来，微笑着轻声说"别饿着了"。

　　这么好的婆婆，媳妇没理由不投桃报李，是吧？就是那些个坏毛病的，跟婆婆处下来，也会渐渐变得销声匿迹了。

　　多年婆媳成母女。日久之后，我有什么开心的、不快乐的，就爱回家跟婆婆说说了。而婆婆大人又总是，即使你不说，她也能体察到，并开始替我担忧，帮我找法子"消灾"，这不，从来没有单独出过远门的农村老奶奶，这次竟然跑到外市去了，为了我的平安求签去了。

　　婆婆求签结果，带回来三张长方形的黄色纸条。一一展开，三张都一样，写着一个"静"字。呵呵，明摆着道士哄人的小把戏。

　　当婆婆笑着问我签上写的什么字时，我笑着告诉她：孝顺。孝，然后就会顺，有道理。这也是发自我肺腑的话。我平时内心就常常生出感慨，婆婆对我这么好，将来她老了需要服侍时，我一定要像对待我妈妈一样待她。

小气父亲给我的教育

夏日周末回乡下老家，心灵深受震动。

我们在城里，拿着不低的工资，坐在空调房里，做着务虚的事儿，还抱怨这鬼天气热死人。

可是到家一看，八十多岁的老人，午后太阳正火辣时，还在田里摘黄瓜，然后驮到收购点去卖，再然后，又到田里锄草。哪管得了天热，劳碌起来，一刻也不得停歇！

先生正当身强力壮时，到田里一会儿就吃不消了，赶紧回来坐在场边休息，还一个劲说："没做得习惯。"而八十开外的老人，还在田里一锄头一锄头地挥着。

老人冒着酷暑摘下的黄瓜，价格却便宜得很。在家的两日，不时听到这个那个农人叹息："唉！越忙越糟糕，不赚还赔本啊！"

于是，老人一个劲地数落我们：你们要节约，回家不要买东西给我们，家里都有，你们孩子上学，要花的钱多着呢，要省下来，不能克了孩子上学的钱！

说得我心里咯噔咯噔的发慌，因为我平时身在城市，老是说要提高生活品质，因此花钱大方得很。到了农村，看农人如此向地里刨食之不易，深切地感觉到自己被"资化"了的灵魂，变得不淳朴，甚至自觉丑陋了。

门前修路，村干部向路旁各家各户摊派，又向在外的村里人募捐。当听说弟弟捐了几千元时，爸爸一下子非常生气，黑个脸，用非常激愤的语气说："我还以为他们孩子上学要花钱，准备给他们点的，这样子我一毛钱也不给！"

我觉得奇怪，爸爸虽然节俭，但按他一贯的脾性，倒不是没有公益心的人，这其中怕是另有因由。

"村里已经向我们摊派了，又让我的孩子们捐款。哪知他们一些干部，把这钱自己用去打牌了。"

原来如此。

那些无意中说漏了嘴的亲戚，不曾料到一个子儿一个子儿辛苦积攒的人，眼睁睁看到钱被糟蹋了，心疼啊！

在一旁的我，也被铁锤敲打了似的，深觉惭愧。

以后再不敢抱怨工作辛苦，再不敢抱怨待遇低，再不敢抱怨职级晋升难，更不敢瞎花钱了，否则，一想到八十高龄的爸妈，在大毒日头子下辛苦劳动与辛苦赚钱的身影，我的灵魂真是要给蛇咬了。

后来，村里制作了一块大红的牌子，立在村头。上面记录了捐款人的姓名及捐款额度。

有次从"功德牌"旁走过时，我对弟弟说起爸爸为他捐款生气的事。弟弟笑着说："问题是，我们若不捐款，这路就修建不起来。"

触动我心的一幕

公公六十多岁上便发心脏病,到了七十七岁,也就是今年五月,仿佛一夜之间忽然老去,成了衰弱不堪的人了。

公公的一生,可谓风光的一生。生于地主之家,又是三代单传,因此,相当于含着金钥匙出生,然后成长于温柔富贵乡里,也因此,琴棋书画,一应俱会。身为教师,风流倜傥,十里八乡,羡慕他的人还真不少。而我的婆婆,恰恰是大家闺秀,其家富裕程度,更胜公公家一筹。尽管如此,婆婆仍把公公当公子哥儿般侍候。

公公,虽早年在家时,家务上十指不沾阳春水,可对三个儿子,却是十分疼爱,他们在外上学期间,他常常周末过去,亲手烧好菜给他们补营养。以至现在先生常常回味那时的情形,提起便娓娓道来,感喟不已,满溢幸福!

又为了供养三个儿子读书,中年时,他发挥自己绘画的特长,制作中堂增加家庭收入。从画画,到装裱,都是他一人创作。可能也正因那时长年弯腰制作中堂,劳累之故,患上了胃病、心脏病。早年,他动过手术，胃切除了一半。

还让人充满依恋与回味的，便是春节期间，阖家团圆时，公公会提前采购许多菜，亲自掌勺，弄出一桌桌丰盛的佳肴。此前还会征求大家意见：想吃什么？又列出菜单子，那严阵以待的样子，真不亚于大饭店接待贵宾一般的隆重。更喜欢别出心裁，研制出独门菜色来。

可是那么一个多才又清高的人，那么一个爱子情深的人，却记忆说不行就不行了，好像是患上了老年痴呆。前一天还清爽得很，凡事他张罗着，第二天开始就记忆力降了几个级别去，刚做过的事儿，转身就忘了，又复要去做。人尤其不再精神，坐哪里总是低下头，要打瞌睡似的。他自己过去又是极爱面子的人，这点记忆反倒保留着，有时人前会自觉难为情，虚弱地笑对人家说："我现在记性有些差啊。"

最不能接受的就是婆婆了，每见公公重复提起刚刚提过的事，或有任性行为，就总觉得很是费解：好好的人怎么突然就这样了呢？以前那么神气，现在怎么变这样了，是不是撞上鬼了！庄子上年纪比他大的，比他身体差的，没一个像他这样，唉……

我看着公公这样，不免更深切地感受到，生命真是浮云，活在世上，能安好、能快乐就行，争什么，追求什么，尤其伤筋动骨去计较，真的有必要吗？好傻！记得我初进先生家那段时间，公公写的一篇文章被国家教委杂志刊用，他很高兴地告诉我们，甚为得意。现在，这记忆也从他脑中消失了，那杂志也从世上消失了吧？这些个虚名儿，真是一毛钱的意义都没有啊！

而我年轻时，包括现在，不是也对类似这样的"名"在乎得很，一直的不能看透，难以放下，以致搞得自己常常烦恼加身，想想，还真是愚蠢得很啊。

先生同事的父亲忽地去的去了、跌伤的跌伤了，加上同天早上，公公打电话问先生我们家儿子在哪，什么时间回来。后听婆婆说，原来，深夜三四点时，公公就从床上坐起淌眼泪，说想孙子了，抱怨我们俩没意思，就一个孩子，还送到国外！并立即就要打电话给先生，好不容易才给婆婆劝住了。

这点点滴滴的事件，让先生心下一波一波地难受，一向大大咧咧，也是充满了"野心"的他，沉默的时候多了起来，脸上常常看到动容的神色来。这日周六本在上班，却向领导请了假，提前溜班，迫不及待要往家赶，有什么力量在驱使着似的，他想多回家看看父母。

记忆大概一天是能维持的，从知道我们回家，一路上公公就不停地打电话，问到哪儿了，什么时候到家。等我们停好车，踩着薄暮走近家所在的巷子时，却看到先生的父亲，高大却佝偻着的身子站在巷口，他在等我们！那一刻，连我心里都一动：那是怎样的一幅画面啊，让人心头瞬间涌动起感动，还有……心酸！

过去，他会在家张罗好吃的招待我们，而现在，生活能力变弱了的他，就只能跑到巷口来等我们，像小孩子等着大人的归来。而他这种等待，更多的是下意识的行为，见到我们时，已无力表达欢欣，流露的只是虚弱的笑和怯怯依恋的神情……

这一幕，连我这个做儿媳妇的心情都顷刻崩溃，不知先生更是情何以堪了！

有一种幸福叫带上妈妈去看看

早上起来，听妈妈说，二哥今天要到三仓镇去买东西，她会跟着去玩玩！

我们家靠近海边，镇上菜市场上可买到各种新鲜的海产品。二哥回家，基本上要去采购一回。买上乌贼鱼苗、带鱼、鲨鱼干、毛贝等带回城里家中，放冰箱里，可以吃上好久。又亲戚好友间分分，这是我们家乡特产呀！

我听妈妈说后，心想，二哥下午回家还得开车，他的路途是我的几倍远，怕他累啊。我说出这想法，妈妈就问："那你开车去啊，我们都坐你车！"

好啊，好啊，最好这样。

可是二哥不同意。"你不要考虑我""你不要想那么多""你又不买东西，就不要去了"。

妈妈喜欢到处去看看。二哥前两年，带她看了大丰荷兰花海。今年妈妈又常说，让我带她到南京去看看。她说她喜欢出去看看，只要能够去，到天边都愿意去。

今年我带妈妈去我那儿检查身体，其实妈妈是想趁机在我那儿也看看的。但是后来我工作上实在走不开，总是把她一个人关在家中，叫我于心何忍啊，只得急急地将她送回了家。

二哥临出发时，我还坚持让我开车去。但二哥依然坚持说："不用。你们在家陪爸爸，再找一个人打牌。"我觉得二哥的用意也是不错的。我们回来一趟，本意是看望父母，现在他带妈妈去三仓，如果我们也去，就落爸爸一人在家孤单了。

拗不过二哥，只好作罢。这时，我看二哥打开车门，叫妈妈上车。看着他一手扶着车门，小心护着妈妈上车的画面，突然有某种感觉打动了我：这情景，多么温馨啊！

带上八十多岁的老妈妈去看世界，这是最值得骄傲的事！

人在上了岁数后，越发地感到，父母在，父母能够呵护自己，自己也开始呵护父母，那是自己一生中最幸福甜美的一刻。

父母到老以后，全部的精力就都放在儿女身上，不像年轻的时候，要工作或者劳动，以养家糊口。那时对子女的爱带着忙碌，带着要求，带着教育，甚至责备。而到了老了以后，只有爱，全心全意的呵护。

牵挂子女，子女在身边了，看着就开心。烧饭做菜给子女吃，似乎都是无尚幸福的事。

而子女对父母的反哺，也开始变得纯粹。不像年轻时，会嫌父母唠叨，嫌父母对自己严格，嫌父母管得多、束缚自己。现在开始觉得，和父母在一起，是最静好的岁月。

当然，这一切是建立在父母健康的基础上，建立在儿女都过得不错的基础上。有了这个基础，才有父母的慈爱，儿女的安稳与幸福。

果然没多大会儿，大约一个小时吧，二哥和妈妈到家了。到家后，妈妈就开始张罗着准备煮中饭。并叫我们打电话叫表姐、表姐夫过来一起吃中饭。

　　表姐来了,带了几样宝贝,几只硕大的无花果,一见叫人喜欢。还有一些香瓜。无花果我拿出来拍照后,让二哥带给他孙女。他起初不肯,我劝他:"主要是这东西好玩,小孩子一见肯定觉得稀奇。"他这才答应了。用个小袋装了,放进车里。

女儿心

　　清晨，心情又被狭小的心胸所困，就像被缚在一只小小的蚕茧中，感觉到窒息。躺在床上，心灰意懒怕起来。
　　先生说，一起去胖子餐厅吃早饭。
　　一听，高兴起来。换换花样，会因新鲜，而让心情欢欣。
　　胖子餐厅是邻近小区门前的一家餐厅。早餐很有特色。简单的米粥，煮鸡蛋，先炒一炒然后加水煮一煮的蚕豆，白面摊饼，都让人仿佛回到了小时家里的早餐桌上，因此感觉很亲切。
　　餐厅本名不叫胖子餐厅，我们这么称呼，是因为三十来岁的老板娘长得胖乎乎的，所以就这么叫着。又因她皮肤白白净净的，常常很开朗地笑着，很受客人喜欢，因此私下里，又被美称为"白面包老板娘"。
　　白面包老板娘，照例一见客人，便满脸笑容，上来哥哥姐姐地打招呼。
　　先生先到，我因着洗漱迟到一步。等我到时，先生已经吃得差不多了。说再陪我两分钟。然后他去上班了，我一人坐着，继续享用我的早餐。
　　一名约三十岁的红衣女子正弯腰拖地。我问她："你和老板娘什么关系？"

她羞涩地笑笑，轻声说："什么关系，是她的临工。"

一名老奶奶，大概是老板娘的婆婆。在店里来来去去帮忙。

这当口，又进来一位四十岁左右的男子，点了米粥、面饼、小鱼煮咸菜吃。

来店里吃早餐的一般是熟人，老板娘见谁都跟自家亲戚一般热情。又因我曾写过她家餐厅，对我就更是格外地热情亲密。

这不，老板娘闲下来，就来到我的餐桌旁，开始跟我拉家常了。

她手往腰部量了量，笑问我："你看我是不是又瘦了？"

我一看，真的，坚实些了。

"都是操心的，我妈妈住院。我天天要去乡下看望，开电瓶车去。饭吃得多，还是变瘦了。"老板娘又嘚瑟又显摆功劳似的叙说开来。

"嗯，操心的。还有也累，乡下远啊。你妈身体怎么了？"我附和着问她。

"毛病多了，肝脏、十二指肠……全有问题，瘦得剩下八十多斤，我对她说：你都不像我的妈妈了。她一听就哭了。"

"啊，怎么会这样？"我深表同情。

"我让她不要整天只吃饭吃粥。她煮点米粥，早晨吃，中午从田里回来也吃。晚上我爸下班了，她烧点菜，只吃饭，不吃菜，都省给我爸吃。"

"你爸干什么的？"

"他在工地上，打小工，与村里一些人一起干活、挣钱。"

"哦，那辛苦啊！"

"是啊，所以我妈总舍不得我爸。可她自己在家干农活也辛苦啊！所以这才生病了。"

"嗯，真是不幸啊！"我跟着唏嘘不已！

"我到现在都没敢告诉我妈妈她得的十二指肠癌，她岁数又不大，五十九，先哄着她过啊！"

老板娘很乐观，虽然说舍不得她妈，说自己多忙，但仍然响亮亮地笑着说话。

远去的身影

蜡梅初绽时节,我们兄妹齐齐回到老家,为爸爸庆生。八十岁,可喜的高寿。一家人,团团圆圆,祝福声声,非常幸福的画面。

爸妈坐在我们中间。妈妈身穿枣红色羽绒服,头戴同色毛线编织的帽子,一脸虚弱的笑意。爸爸戴一顶黑色皮毛帽子,一样地笑着,却也一样地显得虚弱。

我坐在爸妈的对面,爸妈虽然慈祥却老态尽显的模样尽收眼底,许多过去的时光从心头掠过,不免惊叹生命何其匆匆!

我依然记得我妈年轻时好看又要强的样子。

五月午时的阳光暖暖地照耀。我家西边的小池塘那里,我在池塘边玩,我妈在打苇叶。池塘的对面一位与妈妈年龄相仿的女邻居,来河边淘米。我听见她羡慕地说道:"姑奶奶(我妈辈分高),好看的衣服都被你穿掉了!"从此,我妈那件白底小青花的衬衫,连同那满池塘青青的苇叶,便一直刻在了我记忆的深处。

冬日的某个晚上,在我家,油灯下,同生产组的人似乎是在推荐先进人员。被抱坐在妈妈膝头上的我,虽然小,却也感觉到妈妈好像很想被评上。因为她的说话声、笑声，都显得紧张，不自然。后来，妈妈没有被评上，我看到她脸上失落的表情。

妈妈的这些过往，我后来也一次次经历过。每一个人，都走过青春和追逐的年华。后来的人，只不过在不同的时间段，重复着大抵相仿的人生旅程。

转眼间，妈妈已经驼了背，迟缓了行动。曾经明亮的笑容，变得暗淡。曾经饱满的面庞，如今似风干的橘皮。

而关于我爸，我还记得小时候，他带我去镇上。爸爸骑自行车，我坐在前面的大杠上。冬天的时候，搁在车把手上的手嫌冷，爸爸就解下脖子上的围巾，裹住我的双手，然后问"暖和了吧？"

而我到外县复读高中时，爸爸则又骑着自行车送我去学校。或者奉了妈妈的"指令"，来学校给我送冬衣。那时，在我眼里，爸爸是可以为我撑起天空的人。

谁知转眼间，爸妈却已步入风烛残年。都没意识到时间的流逝，只在一回头，一抬眼，看见爸妈那不知何时变矮了的身影时，才惊觉，原来，他们已经老了，老得就像我们世界边缘的一团模糊的影子。

不可逆转的岁月远去。

我们和孩子是一场又一场的目送，可是，我们和父母之间，却是一回头，发现他们已在我们身后退去。我们和孩子之间是不可追，我们和父母之间，却是越来越伸手触摸不到。

而随着把孩子送上社会，当他们在外面打拼的时候，也会忘记我们在他们的身后渐渐退去。

我们在踏着爸妈的脚印，渐渐背对着这个世界行走。当我们的孩子，某天可以歇下来看看我们时，也会如我们今天一样，猛然发现，不知何时，我们已经成了虚弱地笑着的老人，越来越走向了他们伸手触摸不到的方向。

而这，并不会用很久。

夏日闲坐把天聊

这几日连续高温，人们一见面，第一句话便是："今年天怎么这么热啊，还把人热煞嘎啦！"

小姑母一进门来就是这么说的。

这时是上午八点多钟。

这里人家富裕，村里家家办工厂。不办工厂的也在村里或附近镇上工厂里上班。

建厂房要有地方，因此村里许多人家没有田地。年轻人上班，老年人就闲下来了。

小姑母就是闲下来的人中的一员，今年七十三岁。

同住一个庄上就是好，亲戚间相互串门，脚一抬就到了。小姑母有事没事，经常跑来，和她的哥哥嫂嫂说说话，聊个天。

这样的日子，恰好应了那个词的光景——岁月静好！

整块的田虽然没有了，但家前屋后还是有些零星角落之地，种些蔬菜。所以小姑母听说我们回来，带来两只南瓜送给我们。"结得小啊，不像去年的，抱都抱不动。"

"恐怕品种也不一样吧？"我问道。

"嗯，不一样。"小姑母道。

外面热，室内开着空调，因此，从外面一进来，会下意识感叹："还是家里凉快！"

我们就在这凉快里，一边聊天，一边择韭菜、山芋藤。这山芋藤过去是剁了给猪吃，现在人吃，据说吃了可好，似乎还能防治癌症。

这山芋藤比韭菜难择。韭菜只要拣掉枯叶、杂草，山芋藤则要掐去叶子，把茎的外皮给撕去。这是个极细致的活儿，本来茎就细，皮又极薄，如何能撕去？

"不能不撕吗？"

我不耐烦做这等费工夫的活儿，便发出疑问。

"不撕，吃起来就不嫩啊！"

我这时想到，难怪昨晚吃的炒山芋藤，口感那么软烂，觉得特别适合牙齿不好的老年人吃哩。

一会儿，同样住在附近的二姑父也来了，他送来了几条黄瓜。

于是，也坐下来一起聊天。

门外阳光耀眼，室内家长里短、东拉西扯闲聊，语声笑声不断。

这里是水乡，河道多，庄子后面便是泰东大河，河宽水深，常常有人在那里捕鱼。

小姑母说，听说我们回来，小姑父夜里一点就去张鱼，要张两条鱼给我们带去。可惜，一条也没张到。二姑父也说，这个夏天他好久没张鱼了，昨天因为表弟爱好得不行，也去张，但也没张到。

婆婆感叹，砍草刀刀有，张鱼网网空。

我奇怪，为什么现在张不到鱼啊。

"水流得快。"小姑母说。

我还是不能理解，水流得快与能否张到鱼有什么关系。

二姑父接下来说的话，我算是听明白些了。

"我网放到水里，被水冲出一里多远外去了。"

"张鱼张不到，网捕能捕到。前些天，和别人一起撒网，捕到不少鱼。"二姑父接着说道，"撒网是沉到水底的，能够捕到鱼，但与平时相比，也不多。"

这又是为什么呢?

夏天，天热，人们闲下来，捕鱼的人多了。

这倒也是，生长在水乡的人，谁不是打小就熟悉捕鱼这些本地活计。别说男人，就是不少女人，下河捞鱼摸虾，那也是一把好手。

小姑母就说，村里谁家的媳妇，昨天去捞蚌，捞了三蛇皮袋。"那都是要扎猛子到水里去捞的。"二姑父说。她捞的是江蚌，大的一只都有七八斤重。

我听了直咋舌。平时见到的都是河蚌，一只顶多一两斤重，原来还有这么大的蚌啊!

"有啊，"婆婆说道，"河大，鱼、蚌就大。前天，有个人家捕上一条花鱼，二十斤重，单是鱼籽就装了三大碗。"

我一听，这要是产下籽，得是多少鱼啊，这条大鱼真不应该被捕上来。

就这么农家事、家中事、庄上事聊聊，也不觉天热了。这种亲戚闲坐、拉家常的愉快，城里人可真是不多见，也不太能体会到哩。

到了九点半，小姑母、二姑父就站起身来，说得回家了。婆婆留他们在这边吃饭。

两个人都说着"不了，不了"，回去了。

艺术家为何总爱留长发

> 或许
> 你历经了几度挣扎
> 或许
> 你无数次彷徨沮丧
> 仍请你相信
> 属于你的彩虹
> 就在前方
>
> ——题记

  大凡画家，音乐家，走出来，男的，十个有九个，总留着一头长发，以至成了艺术家的标志。
  A有一阵迷上音乐，加上生活上受到点挫折，于是，一头扎进音乐的世界中，留起了越来越长的头发。有时，还会去烫一下，把发梢烫得卷起来。

他外公笑说他像个痞子。八十岁的老人，在他年轻的那个年代，留长发总是被视为小混混阿飞的，所以老人这么戏称。A听了虽觉尴尬，但仍然没有去剪掉。

　　同学聚会，也会说A像个艺术家。但并非真心夸他是位艺术家。A的家人反复劝了他几回，仍然不肯剪掉。

　　后来，A从挫折中走了出来，十天内连续去理了三次发，终于把头发留得和他的小伙伴们一般长短了。

　　所以说，这留长发，是心情好坏的标志。心情有多差，头发就有多长。

　　《开门大吉》这档节目，有次来了一位从事画作事业的男选手，亦是一头长发及肩。

　　节目当中，不断地插叙、回顾他的创作经历，观众从中可感受到他吃了许多的苦，历经了无数的辛酸，突然悟出一个结论——

　　艺术家留长发，是因为他们扑在艺术追求中，根本无暇去打理他们的头发，久而久之便长成了和女子一般的长发了。

　　看2016年斯诺克世锦赛决赛——塞尔比对丁俊晖。听说丁俊晖是宜兴人，N很激动：是我们江苏人呀！南通有个作家叫张嘉佳，也是江苏人。将来再出个江苏名人，名字就叫"N"。N和他的爱人开玩笑说道。

　　可是要出名，谈何容易？

　　N写作也若干年了，熬了多少个白天黑夜，可是直到今天，写出来的东西仍然没有几个人乐意看。他的那些朋友、同学，甚至家人，宁可在群里、朋友圈里转发别人的文章，也不愿意帮他转。为什么？他的水准差呀！

　　一次发小相聚，有点酒意的N不无悲摧地说，写作让他欢喜让他忧。他无数次灰心到死！因为每写一次，心中一阵高兴。而每发一次，心中便死灰一次。点击数总如蜗牛爬树上不去啊！

　　亚洲首次获得雨果奖、科幻小说《三体》的作者刘慈欣曾经说过，他每一部作品写成前，都不对外公开，甚至和家人都不提及，因为怕外界的议论干扰了他，尤其是批评之声可能会让他放弃创作。

是啊，作者写出来的东西，如果没有世人的认可，就一点意义也没有。许多人就是因为，写的东西看者了了，最后放弃了。N 提起，他的一位朋友 C，曾经创作了一部长篇小说在群里发，他认为那写的真叫个精彩啊，可是阅读数却鲜有过三位数的。

《三体》那样的巨著，可以积数年之功而毕其一役。而 N 写的大多数是随笔，只能随写随发。而每每发上去，看者都像沙砾地上的青草，稀稀毛毛的，真是对他的致命打击呀！

十年磨一剑，谁的幸福来得容易？这世上只有一件事比较轻松，那就是投降，或者叫妥协、放弃！可 N 不想，他要把这种受打击坚持到底！

艺术家为什么留长发？长发是付出多少的标志。付出的越多，头发越长。

陪爸爸打牌的人

我爸对打牌上瘾了。

过去，我们到家，要么让我们帮着干农活，要么他一个人在田间闷头劳动，只在下雨天或晚上才打打牌，但这回中秋节，晴朗朗的大白天，他竟然就叫打牌了。

我先生身体不舒服，三缺一，只得让我弟媳来凑数。

弟媳是个勤快人，要多勤快有多勤快！过去，一到家就开始忙家务，洗衣服、抹桌子、扫地、煮饭、烧菜，样样全上，且放下扫帚拿拖把，一刻也不歇着，直忙到再度返城。她参与打牌，可真是大姑娘上轿，头一回。

不仅开打了，而且是有板有眼，特别当真。虽然因为平时打的少，水平不咋样，出牌显得慢些，但那股子用心劲儿，就和她做工作一样，全身心地投入，仔细推敲，长久考虑，总想着要把牌打得完美。

不仅如此，而且头天打了一晚上，第二天又继续陪着打了一上午。真破天荒了！

还不仅如此,她竟然和我爸打对家。

我爸毕竟快八十岁的人了,农村种田的老人,水平和出牌速度,那是没什么好恭维的。过去,我和爸打对家时,心里还常常觉得着急得要耐不住。但是自始至终,就没见我弟媳流露过一丝不耐烦,抱怨和不快就更没有了。

农村环境比较差,我们这些从农村出去的人,再回来也有点不适应。记得,有一年的夏天,也从农村进城工作的堂姐,遇着我回家,便笑着问:在家里还习惯啊?那意思是,我爸妈农村的家不像城里富丽整洁,既不宽敞,又苍蝇、蚊子乱飞,我是否嫌弃?是否觉得受不了?

可弟媳是地地道道的城里人,打小生活在讲究的环境中,而且她还是个特别爱干净的人。记得最初认识她时,她那爱干净的程度,我们都不太适应,认为她有"洁癖"。时间久了,才渐渐体会到一个爱干净的人是如何更让人感觉舒心和享受的。我弟弟就常感叹:到家真舒服,一尘不染,被子都晒得软软的,充满了阳光的香气。

可是就是这样的弟媳,她到了我们的农村老家,不仅没有"不适应""不习惯""受不了",而且竟然能陪着老人打起牌来。

有教养、善良、孝顺、敬老、有素质,这些不是说在嘴上的啊!我弟媳,我真是打心眼里敬佩她了!

深秋时节回到幸福村

　　11月,我们回到了幸福村。

　　有时开车回家觉得累,会说,这周就不回家吧。可是还没到周末,就已经改变了主意,开始盘算,还是回家吧。

　　疫情影响,也不能随便往哪里跑,而且爸妈年岁那么高,回去看一回是一回。最重要的,爸妈健康,回到爸妈身边,是我心最踏实、最安稳、最平静的时光。

　　现在深刻体会到,这世界最美好的一个词叫"健在",最美好的一句话叫"我爸我妈健在"。健在,健康安在。

　　"我周五下午有时间,你尽量安排到南边来有事,这样就可以提前回家了。"

　　我们对回乡,一直说回家。

　　先生正常在北边上班,有时会到南边总部来办事,这样,办好事,下午的时间就可以自由安排。

　　我们今天出发时是下午三点五十分。阳光还好,但走着走着,天色暗下来。我们共同感叹，现在天黑得快啊。

这可不，季节在深秋，快入冬了吧。今天气温也下降了哩。

一出小区东门，就发现路两边高大秀挺的树，秋后变红、成为一道美丽风景的树叶，变得稀少了。我下意识对先生感叹："树叶落了许多啊！"心里暗暗惊叹，时光在飞速流逝。

一路，是七彩的深秋伴我们而行。尤其是到了东台境内的 344 国道上，两边都是海洋一般的七彩树林。树木高矮按梯次排布过去，形成了树木的"山坡"，最近处的最矮，一排高过一排地排布开去。颜色上，也是一层黄，一层红，一层绿，七彩涂染开去。

怎一个波澜壮阔，怎一个七彩如画！

在 344 国道上，有一处特别的标识，盐的结晶体形状的浮雕，其中有"头灶"两个立体字，这就是我家乡所在小镇的名字。

到这里时，天色已经全暗。我们到家晚，估计爸妈来不及准备晚饭，便在路上的小集市买了些熏烧带回家，特意买了妈妈喜欢吃的鹌鹑蛋。

到底是秋季，收获的季节。尽管家中大田都给大户了，但爸妈还在那点自留地上面大显身手，长出最大量的农作物来。这不，门前晒场上堆满了黄豆秸秆，院子里堆满了红豆秸秆，家中也堆着红豆荚。

浓郁的豆子的清香包围了我，叫人心情舒畅，神清气爽。

妈妈煲了一锅白米粥，就着我们带回的菜，我爸我妈、我和先生，我们四个人，一边吃晚饭，一边看电视，一边拉家常。

这样的晚餐时光，于我，是最温馨的时光！

孩子，请选那条难走的路

> 如果有两条路摆在面前，一条容易，一条难，我会选择难的那条！
>
> ——题记

儿子，昨晚，通话时，因你爸特别想你，因此，抱着电话不放，我都没机会跟你多说话。

今早，你爸跟我提及，你说，你求学的国家，除了排名前三的学校需要通过雅思考试，其他学校只要通过一种专门针对中国学生的四六级英语考试，便可以报考。于是，你想报考这个，因为雅思太难考了。

这让我想起你大舅高考那年的一件事。

你大舅他们高考的时候，同是高中生，可以报考大学本科，也可以报考中专。但不可同时报。

当时，有不少人担心考不上大学，就报考中专。反正小中专出来也是国家户口，包分配。因此为了保险，选择认为容易考上的小中专。你大舅的一位同学（也是一个村的），他就报了小中专。

而你大舅和你外公当时非常坚决，要考就考大学！

结果那年因为报考中专的人太多，好多平时学习成绩比你大舅好的人都落选了，而你大舅却考上了大学。你大舅那个同学，当然因为特别杰出，也险胜地杀过了千军万马，过了独木桥。

可是几年后，大学生越来越多，小中专生越来越没"身份"了。人不待见，单位也低看一眼，职级工资都不如大学生。

你大舅那位同学，只好反过来再攻读研究生，这才又重新扳回了"资本"，而这应该是他数年前一举便可轻松获得的。

而这当中，他为了再读书，错过了多少时光、多少机会，是可想而知的，因为社会发展是越来越快的。

任何选择，当然要实事求是，根据个人的实际情况，做出合理的选择。但中国古语也讲："取乎其上，得乎其中；取乎其中，得乎其下；取乎其下，则无所得。"

所以如果可以，请尽量不要选择容易的事情去做。这样的选择，本身就降低了自己的斗志，努力的力度和效果未必就好。

松浦弥太郎说，如果有两条路摆在面前，一条容易，一条难，我会选择难的那条！我很赞同他的这种观点。难的路上，肯定风景会更特别，一路经历也会更有趣，那是不容置疑的。

以上供你参考。

到表姐家吃饭去

周末,驱车回乡。

我们到六灶小镇那边时,想叫小饭店烧几个菜,打包带回家,觉得这大夏天在家烧火做饭,太热了。

想到我爸妈和表姐家,经常相互请客,要么表姐叫爸妈去吃饭,要么我爸妈叫表姐、邻居和表哥来吃饭,我们就先打电话回去,问爸爸,如果请他们来吃饭,就多烧几个菜,如果不请他们,就少烧两个菜。

结果,爸爸说不要,表姐已经叫他们过去吃中饭了。

我们一听,干脆没买菜,因为按照惯例,这种情况下,表姐肯定会叫我们也一起去她家吃饭。

天太热,中午更热。这已经是小暑后三四天了。加上今年总体上天干,就显得更闷热,我都怕往外面跑,一心想躲在空调房间里。

我们车子一到家门口时,发现门前田里,一片干旱的样子。先生看着那才冒出地面不多的稻苗说:"还把稻苗干死了呢!"不过,也看得见,在田的那头,人们已经开始在抗旱,只是灌溉的水,还没流到这边来。

这次见到我妈妈，精神比前些日子要好些了。她笑着说："我现在腿肿消掉些了，我天天吃药，把水都流掉了。腿不肿，我就又有力气了，今天上午还跑去理了发。"

看妈妈乐观地、开心地笑的样子，我心感到安慰。但是她依然太瘦了，瘦得整个人只剩下一点点大。过去人家都讲"小老奶奶"，原来，小老奶奶不是天生个子小，而是老了后缩小的。

婆婆现在也变得特别瘦小。

妈妈见我说不想去，就劝我道："不能，你要去啊，要不然，你姐姐又要跑一趟。"

我可不想拂了我妈的心，也不忍心这大热天的叫表姐再跑一趟。虽然我家到她家并不远。

我继续开车，带爸妈去。

到表姐家一看，今天来吃饭的人还不少。除了表姐、表姐夫，另有我们西家邻居、表哥，我的本家叔叔、叔母、本家哥哥，再加上我们两口子，我爸我妈，一共十一个人。

菜也简单，烧一大碗肉，煮一盘鱼，番茄炒鸡蛋，镇上再买点熏烧肉、腐竹，烧一锅酸菜豆腐汤。男人们喝白酒，其余的人，倒上雪碧，热热闹闹就吃起来。

聊些"喝了酒不能开电瓶车，警察查酒驾，罚款五十元；不带头盔，罚款二十元"等时下发生的鸡零狗碎的事情。

当然，酒桌上也开展了"批斗"。批评我本家叔叔干活到十一点零五分才回来，说他是"作死"。批评我爸爸这么大岁数，还干活，还开电动三轮车，后面人家按喇叭，他又听不到。劝我妈多吃点饭菜，直感叹她"全不曾吃"，这样下去，要是胃萎缩了怎么办。我妈则说她"吃得不少"。

我妈确实是吃得少，我是知道的。可能她年纪大了，消化不好，或者有别的情况吧。反正，我也满是担忧，按照这饭量，营养哪里够。可是，能吃她不吃吗，唉！

吃饭当口，我感觉瞌睡，所以当我爸催大家快点吃，吃好了收拾桌子打牌时，我挺高兴的，也帮衬着我爸，催大家快点吃，其实是想早点结束回家睡一会儿。

他们说我爸打牌瘾大，天天要打。表姐夫说，这是好事，打牌好，他就不会去干活，而且打牌动脑筋，有助于保持头脑清爽。

我也觉得好啊，农村人天天要干活，拼命地干活。这种精神值得我们学习，像今天这桌上的人，最小的是表哥，五十六岁，表姐夫和本家哥哥六十多点，其他都七十岁奔上的人，哪一个不像青壮年一样，年年岁岁、天天时时，把自己交给了农田。幸运的是，他们都是自发自愿的，不是被逼的，因此劳动的快乐和幸福指数还是高的。

但我们反对他这么干，一是怕他身体吃不消，同时也是怕他要用三轮车驮了去卖种的庄稼。这就不安全，万一出什么事，岂不对不起自己，也对不起人家。正像上面他们批他的"后面车子按喇叭，他又听不到"。

老人们已经不能这么周到地考虑，他们总固执地认为"没事，我还清爽得很，我知道小心的"，他们不知道，好多东西已经是他们的智力和精力所不能掌控的。

所以他打牌吧。打牌安全些！

求"输"有点难

村里老人,喜欢打牌,不是麻将了,是那种纸牌。那热情,太高;那兴趣,特浓。

下雨天,自是没话说,一呼百应,村里能摆开若干桌。晴天晚上,也会叫上左邻右舍,打上一局;甚或,偶尔中午也有打的。

瘾够大的!

但相对自律性强,一般不耽误白天干农活。忙完了田里的空档,来一把,总不能责怪他们,是吧?

这样,放假回家时,我们就有了一项光荣的任务:陪老人打牌!

这陪,还不断升级。

先是陪打,后来发现,要让老人打得尽兴、开心,还得扮演输家的角色。

这要输牌,可不是想象的那么容易,有好多的关卡要过呢。

这第一关,好牌打不烂。在城里和朋友打牌时,想摸到好牌,偏偏尽是烂牌。这陪爸爸打牌,自然希望是抓到烂牌,却似乎是孝心感动了天地，偏偏尽摸得好牌，这就给"做假"带来难度，要是让老人知道你是故意让他的，那他的开心指数不就直线下跌了吗？

于是，想出了不少的点子来掩饰。有时故意一愣神，不出牌，然后还假假地直呼：唉哟，我应该要的。有时故意把炸拆开了乱走，反正老人记性不好，这点倒不会被察觉。有时故意不配合对家，还感慨：哎，我以为可以先出掉的，失误！失误！还是应该先打给你！戏码演得足足的。

这第二关，是选择谁当对家。有时中途一个人有事下来了，旁观的人替上去，这人又不明就里，且是想要赢牌的，那就没法保证了，计谋往往也会破产。

于是商量好，"班子"尽量不散，一定是两个知情的人搭档。反正在家闲着也是闲着，陪老人打牌，让老人开心，自是第一要务。

这第三关可就真难了，牌不逢对手。八十岁的老人，能打牌不错了，是不？哪能有什么水平可言。往往一把牌到最后，你剩下两张了，他偏打对子给你；你五张吧，他还真送了个顺子给你。唉，你不想出牌都不行啊！

这第四关，当是考验自身素养的问题了，直要把自己的"本真"全逼回去。人都有好胜求赢的心理，这打牌，不用脑子，不算计算计，有啥意思！都是想要打得巧，打得精，打得有水准，那才会越打越来劲，是不？要是"放牌"，一味地输，一会儿人就恹恹欲睡了。雪上加霜的是，老人们出牌又特别慢。这牌吧，左欲出，嗯，不对；右欲出，嗯，不对。盯着手中牌，算来算去，口中还念叨七、八、九、十……就是不发出来，那漫漫时光就更难挨了。

还好，自能想出妙招，提起精气神儿，把老人们陪得欢欢喜喜的，既过足了牌瘾，又享受了总是当赢家的得意！

而幸福，也在我们心中慢慢四溢开来……

我家的"五子登科"

现在考上大学,不是多难的事。但1977年恢复高考后的头几年,考上大学,那差不多是中举一般,不单是全家人高兴,全村人都要跟着祝福的。

我们家当时四兄妹,次第考上。加上同村关系特别近的表哥、堂姐,可以讲,一门连出六名大学生。当时在远近还是有点名气的。我爸还被镇广播站采访报道,大大地风光了一番。

到现在,还常听我爸感慨。我家是感谢高考政策的,要不然,我们家这些孩子,怎么有机会读大学,怎么能走到外面那么远的地方去。

我们家第一位考上的是表哥。表哥是大姑妈家的儿子,四五岁时成了孤儿,在我们家长到十二岁后到他姨妈(也即我二姑妈)家。高中毕业后在村联中任老师。高考恢复,他第一年就参加考试,并考上盐城师范学院。成为村里的第一个大学生,让村里人也都大大地振奋了一阵。

第二位考上的是我堂姐。堂姐是我叔叔家的大女儿。她七八岁时母亲就过世了,她父亲身体也不好,后来也去世了。我爸妈作为她为数不多的长辈亲人，自然给她更多的关心。因此，堂姐和我们家联结很紧密。当时在我爸及表哥的关心下，她报考了中专。别小看中专，那时中专比现在本一还难考上。因此，堂姐考上时，不仅我们全家高兴，全村人也是大大地替她高兴了一番。堂姐是村里第二个考上的。

　　接下来就轮到我大哥了。大哥他们那时初中和高中都是两年制。因此，考上大学时，他才十五岁，放在现在，还是初三学生的年龄。大哥是1981年参加高考的。当时，可以选择报考中专和大学。我爸对我大哥说，要考，就考大学。用现在的话讲，就是"有两条路在你面前时，选择难走的那条"。结果大哥一试而中。大哥就读的高中是教学质量在全县靠前的老高中，但全校当年也只考上了三人。

　　大哥最终被江苏师范学院（现在的苏州大学）录取。全村人又再次替我们家欢喜了一回。

　　到我二哥时，高中实行三年制。因此，二哥考上大学的年龄比大哥当时要大了两岁。记得二哥考上的那年暑假，早晨起来，就听到喜鹊在门前树上叫。我便对他说：二哥，喜鹊在向你报喜呢。当时心里还没底的二哥说，喜鹊叫的是"糟，糟"。事实说明我是了不得的"预言家"。中午，就有人把二哥的分数送到我家，我又欢欢喜喜地送到正在田里掰玉米棒的二哥手里。

　　当时，记得我妈高兴得笑开了花。

　　我是我们家最不争气的。因此，接下来本该上场的我，却被弟弟捷足先登了。当时高考录取比例只有百分之十，因此，乡镇中学一年考上的也没几个学生。有的学校还年年"光头"。所以我是复读了两年才考上的。而我弟弟，他学习比我刻苦，第一年便考上了本一院校。

　　现在我们兄弟姐妹在各地工作，逢年过节时便回家团聚。那一场场全家大团圆的幸福画景，岂不让人心底由衷地生出深深的谢意来。

伴以学习的青春,是最美的青春

转眼间,儿子忽然长成青年了。

他今年已大四,到夏天,就该毕业了,行将走出菁菁校园。

这是儿子的最后一个大学寒假。

他回来近一周了吧?我有个前所未有的发现。

这发现,默默地,让心安定,微生喜悦,倍觉暖意。

历来,儿子在家鲜少学习。尤其上大学以后。

开始的假期,回来是与同学一起出去玩。玩什么?自然很迎合时代主流,网吧里见。

后来,儿子出去见同学的时间,有一大半用在了在家用手机看游戏赛事直播及网络动画片。

再然后,是看动画片及在家练习吉他。这做法,对深受传统思想熏染的我们,不免心中暗生出欢喜来。

而这几天来,又发现了新大陆。

和大多数大学生一样,放假了,儿子就没有了上午。过的是一半黑夜、一半白天的日子。

但每日下午及晚上，儿子有一定的时间，花在看书学习功课上。

奇闻吧?！

我初看到，一分惊喜，一分欢欣！

看到了一个成熟的孩子的背影！他觉醒了，回归到青春本应有的样子，让努力学习从头再来。

前段时间，流行一个观点：青春是用来浪费的。孩子们基本上被淹没在各种新潮的玩乐之中。

而且孩子们往往还认为大人落伍了，因此想要让一个孩子受传统思想的影响，沉静下来，用功读书，追求实用的技术，几乎有点天方夜谭。

当然，我们赞赏激情澎湃的青春，如果让激情在汲取知识、增益智慧中火花四溅岂非更好！

伴以学习的青春，是最美的青春。

第三辑　情谊不可辜负
——春风十里不及你的笑

谁言寸草心

别自作多情，他对你没那么好

儿子去云南，回来时，带了不少零食。其中，有一包云南小粒咖啡。红色包装，冬天里的暖色，看了挺舒服的。

他爸一见，立即兴奋地说：看，儿子给你带的！

我浑身每一颗细胞也感觉高兴到花儿朵朵放。

我平时爱喝咖啡。这已经"闻名"几年了。但近日来，因为常听人说，喝咖啡多了不好，正准备戒了。

一见儿子买的咖啡，这戒的心早抛到九霄云外了。

立马泡上一杯，热乎乎，香气袅袅，哈，味道真美呀！

第二天又带到单位。上午泡一杯，下午忍不住又泡了一杯。想着这是儿子带给我的，心里便无比得意，就觉得再没有比这更美味的咖啡了。

过了几日，儿子无意间忽然问起。咖啡味道怎么样？

挺好喝！我不无骄傲地回答他。

真好喝啊？儿子笑笑说。进了超市，导游说不要空手出来，我就随便买的！

啊，不觉哑然失笑。他爸在一旁也嘿瑟地笑着。

嗳，嗳，虽然不是特意给我带的，但"急难"时候，想到的是给我买咖啡，说明我在他心中还是有位置的。

嘿嘿，平常过日子，无心的举动就是温馨。别指望生活中有多少让你心"扑通、扑通"跳的感动。真那样，心脏也吃不消，是吧？

又是谁买的饼干？

打开办公室柜子，又看到两袋饼干。

"咦，这又是谁买的饼干呀？"

"是小方。"小林和小勇齐声说。

"小方买了一箱子哩。"小林继续说。

我听了，一股暖流淌过心间。同事间让我感动的过往一幕幕浮上眼前。

办公室就我一个女的，又年长些，其他都是些年轻人。而我混得不怎么样。但先后与我同办公室的同事，都没有因此对我冷淡和疏远，相反，却表现得很是友善。

最初小严在这边的时候，看见我吃咖啡，他就不时地买点咖啡放在我们的公开柜橱里，然后办公室里的人可以一起享用。

小马看我有时吃茶叶，也买了袋泡茉莉茶放进去，然后便成了办公室里几个饮茶人的同好。

而小方、小勇则经常买些饼干、瓜子之类的小零食放进去。自从几个年轻人来了以后，那本来放工具的橱柜就渐渐地演变成了今天的食品贮藏柜，不时地，就有人悄悄地放点吃物进去。

事情虽小，却让人感到暖暖的。

极细微的爱

妈妈烧菜一贯地偏咸。

农村里，平时不太关心吃事，心思都在农活上，因此菜咸些，下饭。

城里人不同了，讲究养生，要健康，要长寿。因此极强调少油少盐。

这次回老家第一天晚上，吃妈妈烧的菜，我觉得咸了，妈妈却说：我觉得一点也不咸。

吃饭结束后，我就口渴，要喝水，又对妈妈说，烧菜要淡些，我都咸得心口疼。

妈妈嘴上说着：不咸，哪有味道！

这是妈妈一贯的习惯，我也就不当回事。

可是第二天，什么菜都烧得极淡，比我们在城里烧的还淡！

这种菜，在妈妈吃来，那根本不叫菜。可为了我们，妈妈几十年的烧菜习惯一夕改了。

虽极微小的事，试问，世上还有谁可以为你彻底颠覆她的观念，比圣旨都有威力？

爱，是最所向披靡的利器！

微小的善意，也让人很开心

这是去年 7 月 21 日的一篇日记，现在再看，依然感觉到很温馨，心里生长出愉快来。

昨天，气象部门及微信群里，尽是关于 10 号台风"安比"欲来的信息。有人调侃说："有男友的抱男友，无男友的抱树。"让人变得特别紧张起来。

我得知这个信息时已经是晚上七点左右，因为只有这个时间才有空看手机短信及微信。当时正在南金鹰的电梯里。因为弟弟两口子在这里看电影，约好了七点四十五分结束时一起吃晚饭。

电梯里的人也在议论，说这次台风可能对本市影响较大，从晚上十点左右开始登陆。讲者以很凝重的口吻说出，我不免更加重视起来，赶紧打了个电话给先生，让他吃过晚饭也早点回来。

晚上到家后，赶紧把门窗都关得紧紧的。可惜，我习惯不开空调睡眠，因此，那闷热让我热汗淋漓。深夜四点醒来，什么嘛，一点台风的影子都没有呀！一边赶紧打开窗户，让凉风吹进卧室来，一边暗自感叹，果然盐城是风水宝地，每每什么自然灾害都不大危害到本市。

然后，早上时，仍是担心上午会有台风影响到，于是，准备早点出去，把儿子要用的钱汇给他，同时，到菜市场买回中午和晚上的菜，然后就可以待在家中躲台风了。半路上，先生打电话问我外出办事的情况，让我早点回家。这种家人间的关怀，无时不在，让人倍感温馨，也感谢上苍，让我们家人间懂得彼此牵挂和关怀。

这种关心胜过世上所有追求所得。你觉得人生有意义，是因为你获得了关爱；你觉得人生没有意义，是因为你在世上没有获得关爱，或者说，是没有感知到有人关爱你。

愿世人在这世上，都能看见更温暖的世界！

到菜市场买菜时，发现人不少。可能因为现在放暑假，孩子们在家，家长们就开始烧饭做菜了。平时，大多数人都在食堂或外面吃，很少开火。我到最东边一个蔬菜摊上买菜。这家的菜，既有批发的，也有自家长的。

那批发的菜，看上去好看些，洋气有余，但亲切感不足。而本地农家菜，虽然看上去比较朴素，但就是让人觉得舒心，生出食欲来。我挑了绿皮茄子，又挑了只花皮水瓜。是位大叔来过称的，他平时不在这边，因此不太熟悉。每称一样，就问他夫人什么价格，其憨劲儿透出一份诚实可爱来。两样蔬菜，九元五毛，我便说，拿两颗青椒，算十元吧。结果他拿了五六颗往袋子里直放，一边说，反正自家长的，多给你些。

付过了钱，他又绕过簇拥在菜摊边的人群，去拿了一只大袋子过来，说，我看你大袋小袋的不好拿，全装这只袋中吧。对了，此前我已经买了肉丝、肉片以及花蛤，手里又是钱包，又是伞，正手忙脚乱不知如何拿呢。

他这一举动，出乎我的意料，虽小，不值一提，但我却感到了他的细心周到，以及对我的尊重。因此，我一边连说谢谢，一边看着他麻利地帮我把所有的小袋子都装进了那只大袋中,心里升起十分愉悦的感受。

其实,生活中这些细小的善意,随处可见。早先有一首歌,是韦唯唱的,只要人人都献出一点爱,世界将变成美好的人间。

积小善而成大善。试想,如果人人都友善,都替他人着想,周到地关怀他人,那这世界是什么样子的呢?毋庸置疑,确实太美好了!

积小善意,成大福祉。

老爹爹在哪里呢？

1

老爹爹好奇怪，去年这时，还精神得很，家长的权威气场足足的，能画能玩能读书，今年却一下子就老了。

老到什么样子呢？

2

老爹爹刚从儿子任院长的市立医院里检查过身体，B超做过了，没有身体毛病。可是一到家就嚷嚷着要去镇医院做B超，奶奶说，怎么又要做了，不是才做过了吗？

拗不过老爹爹像孩子一样耍脾气，奶奶只好说，好吧，就依你，去做就去做。到了镇医院，做过B超，查下来没有毛病，终于不闹了。

3

老爹爹去村卫生所开药，回来后接了个电话，奶奶问，谁打的电话？老爹爹说，啊，不知道哪个。

"那说什么刷卡，又是给钱的，是什么意思啊？"

"哦，"老爹爹也困惑地说，"嗯，是某医生说我刷卡，给钱，我不晓得他说什么。"

奶奶一下子明白了，跑到诊所去。

果然，某医生说，老爹爹用医保卡刷卡买药，然后又给钱，告诉他不要了，他却硬把钱塞给医生，头也不回地走人，只好打电话到你家。

奶奶接过医生递过来的钱，拿回了家。

4

从镇医院做过B超，老爹爹说，肚子饿了。奶奶说，到家烧饭给你吃。老爹爹就生气了。烧饭，等你烧到什么时候，就在镇上买点吃吧。

奶奶说，好吧，就依你。

老两口找个小饭店坐下。菜上来，还没动筷，老爹爹就开始掏口袋，把钱给了饭店。

然后，开始吃饭，还没吃两口，老爹爹又放下筷子，开始在口袋里掏啊掏的。奶奶问："你掏什么呀？"

老爹爹有些生气了，反问道："掏什么，吃饭不要给钱吗！"

"不是才给了吗？怎么又给？"

"啊，已经给啦，哦。"于是，停止了掏口袋，继续低头吃饭。

5

这天,奶奶在家吃饭,老爹爹从外面钓鱼回来,一个劲喊肚子饿了。奶奶说,饭就好了。老爹爹说,不想吃饭,想吃饺子。

奶奶说,好吧,你要吃饺子,我来包。那我现在到庄上去买饺子皮啊。

老爹爹抢着说:"我去吧。"从家中抽屉里,拿了三百元就出去了。

奶奶在家等了又等,怎么还不回来?于是,跑到庄东头,看见老爹爹从东面大路上走来了。原来,他跑到镇上去了。

奶奶看,老爹爹买了二斤饺子皮,半斤肉馅,还有一把韭菜。东西倒是买全了。可是数数他放在桌上的余钱,却只剩下一百五十元了。

不知道他是重复给人家了,还是人家找的钱没拿。还好,人知道回家,也就不多问了。

6

这个月到了十一日这天,老爹爹穿好衣服,作势要出门。奶奶问:"你要去哪儿啊?"老爹爹说:"我到镇上去拿工资。"

"这个月工资不是八号才拿回来了,怎么又去拿工资了?"

"拿回来了?那好吧。"不去了。可是过了一会儿,老爹爹又要出门。

奶奶问,"你又准备去哪儿?"

老爹爹说,"我到银行去拿两千元回来。"

"你要拿钱干什么啊?"

"哎,家里不要用吗?"口气又有点生气了。

好吧,奶奶想,你要去就依你吧。

老爹爹回来了,却两手空空,奶奶问:"钱呢?"

老爹爹一听,到处找。奇怪呀,钱哪儿去了?

老两口怎么找都没找着。奶奶告诉了小儿子，小儿子说，"怕是丢了，丢就丢了，你不要气啊。"

　　过几天，小儿子过来，拿存折一看，当天记录是，先取出了两千元，紧接着又存了两千元。这才恍然大悟，原来老爹爹把钱取出来又存了进去。

7

　　鉴于老爹爹这种情况，大儿子给老爹爹买了个定位器，儿子们建一个群，随时掌握老爹爹的行踪，这样就不怕老爹爹走丢了。

　　刚开始时，发现这定位器一会儿在这里，一会儿在那里，儿子们就紧张了，老爹爹哪能走得这么快，到底咋回事？

　　住得近的小儿子到老爹爹家中一看，原来，老爹爹正拿着定位器在"研究"，被他捣鼓的乱定位了。

　　又经常，老爹爹出去时，根本就不带定位器。奶奶负责监督，在他出门前，把定位器放他口袋里。可是这样保险吗？万一他走路上扔掉了怎么办？

8

　　这日，老爹爹说去小儿子家，见时间久了，还没回来，二儿子就打电话给小儿子，说："没有来啊。"这边就紧张了，开始定位。

　　可是二儿子还在推测着，是这条路还是那条路时，奶奶一听说爹爹没去小儿子家，立即向门外跑去，边跑边说："我去找他。"

　　二儿子还没搞清老爹爹到底在哪条路上，奶奶已经把老爹爹找了回来。看来，现代科技设备，还是不如朝夕相处的老伴定位快啊。

二儿子说，奶奶和老爹爹之间肯定有"场"，知道彼此在哪儿。

9

任谁都有老去的一天，看看身边人，当你无力时，究竟谁才是你的依靠呢？

父亲丢官

那一年夏天，父亲突然不当村干部了，回家种田。从十四岁开始，当了三十六年的"官"，被时代的大潮一下子卷走了。根在农村，但一天农民没当过的人，忽一日重操"祖业"。

大概烈日晒烤，加之突然变故下的繁重农活的不适应，父亲的脸色十分憔悴，蜡黄灰黑。有邻居对着我们感叹："你爸脸色怎么那样差呀，要不要去看医生？"

屋破偏遭连阴雨，船漏又逢打头风。

不幸接踵而来。

五十岁出头的人，都说这个年龄最危险了，健康的挑战正是拉开帷幕的时候。

四个儿女，个个读书，家庭背负着沉重的经济负担。雪上加霜，到20世纪90年代时，大学开始收学费，这更让父亲焦头烂额。兄妹四人读大学的费用，都是每次开学时向亲戚借，到年底时再还上。

我1990年考上大学那年，学费加第一学期生活费一共四百元，全部是向大舅家借的，我家一分钱也拿不出。我至今清楚地记得，大舅对我说：这四百元是借给你交学校费用的，这二十元是大舅给你的。

于是，父亲除了种田，又在家中养起母猪下崽，以期能挣更多的钱。可是那年，偏偏那头劳苦功高的老母猪因难产死掉了！兽医在我家抢救了一天，也没能保住母猪和崽猪。那一刻，父亲沉默着，母亲则一边烧开水，一边抹眼泪。

种的棉花，打农药，又打重了，结果伤了苗，棉花都枯萎掉。我家那几亩承包地，被周围邻居那绿油油的棉田包围在中央，好像一块荒秃秃的"光脑瓜"似的。

经济的压力，精神的压力，自然的压力，人为的压力，一股脑儿扑了过来。此时的父亲，又病倒了。先是肠梗阻住院动手术，接着是下巴处长了一小儿拳头大的肿瘤，不过幸好是良性的！

父亲是一个人跑去医院做肿瘤摘除手术的（我们兄妹四个当时都在外）。待我妈妈知道，赶到医院时，手术已经做好，麻醉也已经过去。妈妈看见爸爸安静地躺在床上，黄豆大的汗珠子直往下滚。

出了院的父亲，后来种大棚，一个人又种又卖。没人上门收购时，父亲就亲自驮着自己长的农产品到镇上去卖。一次他卖青椒时，城里人说："你这青椒辣，不要。"父亲拿起一根就送到嘴里咬起来，一边咬，一边说："你看，一点不辣！"那人这才买了父亲的青椒。

后来，父亲告诉我，他有经验，青椒尖头那端是真的不辣！

现在回想起父亲那几年的景况，仍觉心有余悸。

待到我们兄妹四个相继毕业工作，情形才渐渐好转起来，父亲的身体也早已杠杠的，脸上总挂着笑，且特别幽默的性格，常常把邻居逗笑，让我们在烦事面前豁然开朗。

一次，我说朋友经常带父母出去旅游，什么时候我也带你们两个出去看看，外面有好多好玩的地方。父亲就说："我家门前就是无边的景，你们去搞什么田园采摘，我天天在家都这么享受的。"

每当我们提到要吃绿色环保食物，父亲就说："不管多大的干部，吃的都没有我吃的新鲜。田里才弄回家，锅里就烧出来，端到桌上，送进嘴里，吃到我肚里，一个小时还不到呢。"

回头看，父亲面对人生重大变故时，无论是丢官，经济陷入困窘，还是健康受到威胁，都坚强地扛过去，而且没有听他抱怨过一句，没见他生过一回气。

父亲现如今近八十岁的老人了，身板硬朗，精神矍铄，这得益于父亲乐观的性格，能够迅速顺应命运的潮流安之若素，也得益于长年累月田间农活的锤打。

一个人不经历挫折、痛苦、压力，都不知道自己拥有多么顽强的力量！由父亲的经历，我看明白人生的一个道理：当遭遇不顺，或命运拐弯时，要告诉自己，走过去，前方依然是一片晴朗的天！

紫薇花开了

今日回青蒲庄，车子一拐进通往庄子的那条路，哇，惊喜地见到，路两旁紫薇花开了，开得尚不是很多，因此，有万点绿中一点红的感觉，也更显得耀眼夺目。

说明又是一年过去了，真是时光飞度啊！它再一次提醒我们，要珍惜每一个安好的日子，尽可能过出欢喜有趣的一生。

进得我家小院，以往我会以一声"到亲了！"（来亲戚的意思）告知公公婆婆，我们到家了。婆婆也往往从大屋里或者厨房里，走出来，笑意满面地说："啊，到家啦！"

虽是简单的一应一答，又岂不是人间至福！

今天被先生抢了先，他不像我用开玩笑的口气，而是直接地喊："妈，我们回来啦！"

婆婆说，吃中饭吧。

餐桌上，已经摆了几盘菜：咸菜烧肉，红烧鲢鱼，香菇、木耳烩肉圆，凉拌黄瓜，炒生菜，烧大虾，还有一碟醋浸皮蛋。后来听说，肉圆是婆婆自己炸的，鲢鱼则是孩子小姑父丝网张的。

红烧鲢鱼口感特别好，一点鱼腥味都没有。原来，这鱼是野生的，而且是小姑母煮好了送过来的。

婆婆烧菜好吃，小姑母烧菜更好吃。会烧菜是天赋，有的人学都学不到。

亲戚住得近就是好，小姑母不仅经常来看望公公，陪婆婆说说话，而且有什么好吃的，也会送过来，像这次煮了鱼送过来。平时公公婆婆要去镇医院，住在附近的外甥、外甥女儿，就能帮忙，开车送送他们。

我看看钟，才十点半，不仅惊讶地对婆婆感叹："这么早吃饭啊！"

我知道，当先生打电话告诉她我们回来，她就开始张罗烧中饭了。而且还烧得这么丰盛，有荤菜，有蔬菜，加起来六道菜哩。她一边是高兴，真把我们当亲戚来欢迎、来招待，一边是，她怕我们肚子饿，因此早早地烧好中饭等候我们。

都说家有一老，如有一宝。两位老人在，我们就是有两宝。到这个时候，我们回家，还有人在守候我们，还有人烧饭做菜给我们吃，我们这心里是有多踏实、有多骄傲、有多幸福啊！老人在，我们的根就在，家就在，就有依靠，精神上有支柱，总觉得生活的底气足足的。

吃罢中饭，碗筷都收拾好了，我和先生午休，我忽然听到婆婆在外面咳嗽，并有呕吐声传来。

我跑出房间，问怎么回事。原来，婆婆眩晕病发了，感觉头晕，地面上好像有个大洞，不能走，眼睛不能睁。我让她赶紧躺在沙发上休息。

待先生起来后，我们商量着送婆婆去村诊所看一下。这时候有个难题，公公怎么办？

先生赶紧打电话给小姑母，看她是否有空来。小姑母立即来了，跑到这里的时候，直喘气，都是走得急了的缘故。

她一边抚着胸口，让喘息平定些，一边说："还问可有空，没空也要来啊！"

后来我们从诊所回来，小姑母告诉我们，她这几天天天来的。"我来看他（她指了指公公），来陪我嫂子说说话。"

我再次感叹，亲戚靠得近真好。这样，老人就不会觉得冷清。所以老人也不愿意离开农村的家，到城里孩子那儿去。像我妈妈前些天到我家，我们都上班，就把她一个人"关"家中，岂不跟"坐监"一样。

城里的金窝银窝，不如她农村的土窝。有人一起走动，才有生机，有烟火气息，有快乐，有愉悦。没有人往来，就只有冷清、孤独和寂寞了。

今天有件事，让我感触很深。就是先生还不知道婆婆眩晕病发了，当我告诉他时，他正陪着公公一起在院门那里，准备出去走走。谁知公公听到了，立即回来，直奔房间，要去看婆婆什么情况。

平时，他走路颤颤巍巍，腿脚好似挪不动的人，突然走得很快，都走在了先生前面，平时爬"江踏子"都手扶门框，寸着走的人，今天好像两步就跨过了"江踏子"。

当然，要不了多久，他就会忘记这一切，也许十分钟，甚至五分钟，但当时他的第一反应，真的让我看到了，婆婆在他心目中的重要性，他是如此关心和担忧婆婆。

老来相依为命，即使他忘记了一切，可是，下意识里，却没有忘记对老伴的那份关切。

公公平时一日三餐、每次吃药，全是婆婆照顾。我和先生感慨，也就老两口相互照顾，如果叫儿女来照顾，刚开始一两天可能不错，时间一长，没有谁会感到轻松。

而婆婆，日复一日，每天无怨无悔地照顾着公公。耐心、细致，每天都重复着她的习惯性动作。

看着公公婆婆这个样子，我就想，年轻的夫妻，相互争吵、抱怨、指责、欺骗、冷漠，是多么愚蠢啊。年少要相爱，人生才会幸福温馨。

老来相伴，晚景才不至于太落魄。

　　但年轻时是不会想到人会老去的，是不可能明白这些生命幸福的真谛的。往往被眼前的琐碎烦恼、一时的欲望、短暂的快乐，给一叶障目，做出那伤害根本、伤害爱人、伤害幸福的事。

　　但愿每个人都能尽早明白，天意之外，怎么做才会让自己和爱人在这一生中赢得幸福的最大值。

春风十里不及你的笑

1

蔷薇花开时节,我们相聚在母校:东台市四灶中学。

携三十年岁月风华,带几多情深义重,我们从四面八方,纷沓而至,共赴这一盛世之约。

我们踏入这所校园,怀着无比激动的心情,因为这里——

印有我们青春的身影,承载我们年少的过往,流传着我们纯真的故事。

2

相聚,是为了一起唤回那青涩的时光,曾一起留下的欢笑、青春、希冀与梦想,我们共度的青葱岁月,是一生中最难忘的记忆。

相聚,是为了慰藉这许多年的思念,要看到你现在幸福的样子,更为了把祝福送给你，祈愿你每天快乐！一生安好！

从生命的轨迹在四中交集的那天起，你走过的每一步，度过的每一天，其实都有人在陪伴你。过去未曾离开过，今后仍将继续不断。

3

莫叹息光阴荏苒，皱纹上了脸颊，白发换了青丝，你我共聚的此刻永远是最美的时光。

纵流年碎影，青春成往，同学情义却长存，风雨不能改其初衷，老去的时光更为其涂抹上温润的辉光。

春风吹尽，花谢青枝，那又何妨？万紫千红比不过你的笑靥，一起走过雨季的人都懂，你永远是我心底最动人的春色。

4

美国诗人奥尔德里奇说：我的心遗忘了上千件事情，却记住了那一个时辰。

是啊，我不记得更多的面容，只牢牢记得你的模样，昨天和今天的你，在我心底，总是最温婉、最轻柔的触碰。

我已不记得更多的感慨万千的时刻，有一个日子却成了永恒：2017年4月30日。这一天——

我们九十位四中同学，用生命里全部的热情：同忆往昔，共祝未来，我们期待下一个十年的再相见；约定了，从此，相伴着，一起直到老态龙钟！

千年跨越

20世纪90年代,大学毕业,我进盐城北郊的一家企业工作。转眼间,二十余载过去。盐城,由一个落后的小城发展成现代大都市;而我个人的衣食住行,也在这片热土上发生了翻天覆地的变化。

从租住农家房屋到住进花园洋房

初到盐城,我住单位集体宿舍。那是简易的活动板房,连现在的工棚都不如。成家后,租住附近村民家。十三平方米,房东家的小厨房的隔间,西向。夏天午后的太阳直直地照射过来,闷热难耐。正怀着孩子的我,竟有两次中暑昏倒。老公为给我降温,在门前挂上一条床单,往上面泼凉水。那场面,现在想来,滑稽又心酸。

连续五年多,随着房东家新建房、单位变迁、孩子上学等原因,我先后搬家六次。最小的一处租房只有十一平方米,四壁是灰秃秃的水泥墙。加上孩子奶奶,我们一家四口蜗居其中。艰辛之情,一言难尽。

1999年,我终于有了自己的"大房子"!是老公单位七十平方米的集资房。记得装潢到刷漆阶段,淡红色的墙裙上还沾着斑斑白点时,我们就急吼吼地搬进去。那晚,一室明灯下,我和老公开心得在客厅里跳舞。

数年后,我们住进了一百一十五平方米的房子。而如今,又新购了一百三十平方米的花园洋房。居住条件越来越好,这心里怎不如倒吃甘蔗,一节比一节甜!

从踏过黄泥路到在虹桥上看景

在盐城伊始,所住周边是一片农田。不仅是因为在城郊,就是盐城市区在当时也是很小的。以建军路、解放路为纵横轴的街区,方圆大概十公里,还够不上现在四通八达、幅员广阔的大市区的小小一角。

因此,印象中,当时走的多是砂石路、黄泥路。特别是每次回老家,要到南新河搭汽车。现在这里成了繁华的商业中心,但在当时还是偏僻的农村。乘车点在一条新开的黄土路边上,周边人迹几无。这片曾经四野空旷、桥小河窄的地段,如今高楼林立,宽阔的马路纵横交错,高架如盘龙凌空,一座座虹桥飞架在串场河上方。

我经常和老公晚间散步至世纪大道、新都路、聚亨路、盐渎路,立于此四条路的桥上,喜看城南夜景。只见处处华灯闪烁如满天繁星,大都市的壮观灿烂尽呈眼端!

每当此时,老公常会忆起当年在此等车的情形,指着前方说:"你还记得,那里是一条泥土路,那里还都是棉花田,那里还有条小河……"最后总是感慨:"没想到,盐城变化这么大!"

从乘坐漫漫长途汽车到自驾回故里

过去，往来一次老家，真是一次浩大的长征。要从乡间骑自行车到镇上，再跟公共汽车到县城，再转车到盐城。当时公共汽车又只有极少的固定班次，因此往往要赶时间。

后来有了私人大巴，班次相对多了。但仍是有限。每一次回家返城，都十分不方便。因此，一年也只在过节时才回去一两趟。那时的老家真称得上是遥远的故乡。

最让我难受的是，那时公路狭窄，又常修路，因此老堵车。简直是长路漫漫。班次少，乘客就多，往往过道加座及小凳子都人满为患，车内环境很糟糕，弄得我经常晕车。到站下车了，老公要拖着像瘟鸡似的我去找三轮车，拉回到我们的租屋里。

2009年，买私家车的风气兴起。城里的马路修得越来越多，越来越宽，高速都通了，乡村公路也建到家门口。回家，变得轻而易举。过去，到家要花上一整天，而现在两小时就到。不要说我回老家这种小事了，随着高铁即将建成通行，今后到上海、北京，也都是谈笑间的事。

盐城，我走过你如歌二十年，却有跨越千年的喟叹！

祭祀祖先才是头等大事

今年清明节那天，虽是阴天，却天朗气清，惠风和畅，切实透出"清明"气象来。

那日我值班，早早出发向单位走去。一路相伴，花红柳绿，飞鸟往来。

因此前的日子，各式事件较多，都没有时间回老家，族人集中祭祖之日，先生又恰好出差，也没能参加。

一个人，不管多忙，一年之中，这清明时节，怎能不把祭祀先人放在第一位呢？

所以清明节这日，一定要抽空回老家一趟。也不是太远，回去不是多难的事儿，哪怕晚上再赶回来就是了。

临事恭敬，是做人的本分。况且，国家都给放假了，哪有不回家祭祖的道理啊！

那样，岂不会一年，心中都不安！

过去，往往把个人得失进退看得太重，为了工作，会把家中其它事儿，暂且往后推一推。现在则觉得，百年人生，何其匆匆，苦苦追求的身外之得，还没来得及感受喜悦，便如一闪而逝的浪花，湮没在滚滚流逝的时光之河中了。

所以任何的个人得失，都不必太在意，不值得长久放在心上盘桓。

我回家祭祖的想法，得到先生的赞同。于是，成行。

到家已是近下午两点，人家祭祖基本结束了。孩子爷爷奶奶建议就在家上香叩头。我们坚持还是要到坟地里去。

几十里都赶回了，还在乎那里把地儿的路吗？况且，不去坟上祭祀，显得多不虔敬啊！

于是带上一袋"银元宝"，两刀黄纸，奶奶陪着，我们往坟茔地而去。

这块陵园地，历史久远。园地里树木森然，坟茔累累。今年又比去年增加不少"新户"。

先生说，他小时候常到坟茔地里玩，爬上高大的杨树摘树叶。那时觉得坟茔地很大，现在看上去却不怎么大了。

我们先在曾祖坟前烧化纸钱，然后再到高祖坟前祭拜。奶奶一面用树枝翻着纸钱，以便烧化彻底，一面叫我们叩头。并说，祖宗保佑你们发财啊。

我心中就想，老人们为什么总念叨着要发财，难道这是最重要的事吗？其实，我觉得，幸运生长在和平的国家里，安好，感恩，感觉幸福，才是最最重要的。

拜谒祖先陵墓，把一份对祖先的怀念之意表达了，带着凛然的心情回来，不免再次告诫自己：要好好生活，才对得起祖先对后人的美好祈望！认真工作，才对得起生活在美丽繁荣的国家里！

柳色绿，梨花白，又是一年清明还乡祭祖时

　　清明，不只追宗怀远，也可以想一些将来的幸福情景——荠麦青青菜花黄，家家户户祭祖忙。

　　时光飞逝，当柳色绿，梨花白，便又是一年清明时节。

　　这个时候，许多人便会赶回家，以一定的方式，开展祭祀活动。

　　人们为什么要祭祖呢？不忘先人，感恩先人，珍重家人间的血脉情感，一代一代地努力创造更好的生活。

　　各地、各家的祭祀活动，可能不尽相同。我们老家的祭祀活动比较隆重，规模往往蛮大的。

　　按照当地风俗，清明节前七天，后七天，都可以祭祖。因此，我们老家这边，往往利用周末（一般是清明前的周末），在外工作的人可以回家的机会，举办祭祀仪式。今年，我们和历年一样，在清明节的上一个周末回老家，参与一年一度的祭祀活动。

　　听婆婆说，负责宗族祭祀活动的这一辈人家本来有七户，今年在苏州的那家，因年事已高（九十五岁），不回来，今后就剩下六家。看来还是不要住到远的地方去，否则，到了这个时候，就不能到先人坟上去拜

一拜，未免遗憾。又以后，这边的人也不能给他们以传统的纪念，想想大概也是一件憾事吧。

六户人家轮流做东。一般早晨八点多就到坟地去。路上一波一波的人，都是往那里去的。大家脸上也并无哀思，尤其年轻人，大概还觉得这项活动很好玩，因此，是欢笑着走在人群里的。小孩子们更是嬉戏着奔走在菜花下、田埂边。

一般共同老祖宗的坟头是连在一起的。人群来在此，便开始集中祭祀活动。有人洒水祭扫，有人烧化"元宝"，有人放鞭炮。到处烟火焰张，爆竹声声。然后各家再分头往自家近先祖的坟头而去。一般是曾祖父和祖父两代先祖。同样地烧纸，放鞭炮，叩头。

看着这样热闹的祭祀活动，有人说，这也相当于"那边"在过年。

我在这样的氛围下，初时涌起的是悲观情绪，觉得人生短暂，恍如大梦。缅怀先人，便联想到自身。觉得来亦来，终将去。可是转念想，不要这么消极，人要乐观阳光，往好处想去。

是啊，一代更比一代生活在和平的年代、富裕的年代。我这一生走来，享受了许多的人间风光。父母呵护，兄弟友爱。成立小家后，也是比较兴旺，尤其是孩子们拥有更大的世界，可以体验更美好的人生。此生算是生逢盛世，落在温柔富贵乡里，没有物质贫乏之困，只需付出追求更好的努力。

所以谢谢！

今后还要过得更幸福！

中午，轮到做东的人家，会请一大家族人吃一顿。近饭点时，路上一波又一波人，都是往饭店涌去的。早有人说了，"饭店都订满了！"一大家族，老少几代，拄着拐的，抱在手上的，齐聚在一起，分坐五六桌，言笑晏晏，菜丰酒厚，热闹非凡。这样的活动，让宗族人又联结到一块，亲情得以再次加深。

越来越繁荣的人生，也在这样的活动里，仿佛让人看得更清明了。

回到那年

近年，随着同学建群的兴起，有一首歌也随之火了。

是的，《回到那年》。那年，是哪年，那年，是一张褪色的照片。那年，是哪年，那年，总是魂绕梦牵。那年，是哪年，那年，是我们共同的从前。

我身边也有这样一群，想要回到那年，回到那天，回到回不去的从前的高中同学。

大概在2014年初，我在三仓中学上高中时最好的朋友王，让我参加由他请客的在盐城的同学聚会，我这才发现，原来，竟有十一位同学与我同一座城。

之所以我不知道他们，是因为我在三仓中学只读了一年，后来转到四灶中学。因此，这批同学，有的只同窗一年，有的还是别班的。但毕竟是一所学校，一届同学，因此，自不生疏，且因母校情结，而仍觉得亲切。

自那以后，加上我，我们十二位同学便常常小聚。

也不是说，同学之间联络、聚会，就会带来多少传奇故事，或者生出多么感人的事件来。其实，岁月本平常，可是虽然平常，却增添了快乐，丰富了生活，同时，有时也能相互帮助，这些都让时光多了些温馨。

不例外，我们建了一个群，除了常在群里聊聊，有事在群里打个招呼外，要聚会了，便会在群里知会一下，然后大家有时间的就报个到。

最热心的何同学被推为秘书长，一般有聚会就由她来在群里喇叭一下。有时，她也会根据情况，提议聚会，搞些活动。

或许吃个饭，打个小牌，不够高大上，不是值得讴歌的有意义的人际关系。可是对于普通的人们来说，这样子不失增加了生活的乐趣，能够开心，就已经是幸福荡漾的事。

这群同学当中，有两位开公司，且做得还不错。因此，他们慷慨些，很多时候是他们做东。应该说，增加了我们聚会的机会，也增进了感情。如果很久才聚一次，彼此间就容易变得疏远。再就是当中谁过生日了，会主动请客，既是借名聚会，也是让同学共同为他庆祝一下。还有就是外地同学来盐城，这时往往是那两位老板同学招待了。

聚会时，最初会说起很多中学时的故事，由着话题会不知不觉带出那时的事件来，回到那时的岁月。时间久了以后，往往更多地说的是当下的事。但联结我们的，源头依然是共同的从前，同学那年的时光。

有段时间，由于工作上有些忙碌，我就很少参加他们的活动了，但是在群里仍然能看到他们相约活动的情形，又想起以前在一起时的欢笑，似乎自己也还和他们同在现场一般。

我们这批同学，应该说还是重情重义的，大家聚会是奔着那年的情感而去，不带有其他的目的。聚会也是比较文明的，就吃饭，打打牌。虽然聚会时会爆出许多的搞笑来，但我们之间始终洋溢着那年情谊的纯洁。

爱你就大声说出来

> 这个喧嚣的世上,你是否还持有那份热情、率真?愿你不忘初心,永做本色的你!
>
> ——题记

夏天一到,发现去年衣服都嫌小了,因此加强了减肥行动,其中一个动作就是——盥洗间十分钟锻炼。

这天上午十点左右,正对着洗手台上方的镜子扭腰肢,突然听到有人在外面叫我:"邻书姐?邻书姐?"

一听那脆生生的声音就知道是她,那个神秘阳光活泼又可爱的富家千金大小姐——吕雨点。

说她神秘,主要是,她有个上市公司董事长的老妈,但她却从不提她老妈其人其事及公司,并且在单位里表现得比农村来的苦孩子还谦逊、低调、勤勉。

说她阳光,整天就见她乐乐呵呵的。到各个办公室办事时,哥哥姐姐的甜蜜地叫着，时不时就听到她幽默的话语、开朗无忌的笑声传来。她一个人在办公室或经过走廊时，也会有愉快的歌声在轻扬地飘荡。

说她活泼呢，是因为她自称是个坐不住的人，一闲就爱找机会与人交流。一次，她在我办公室就感慨了："林亦南适合当公务员，她怎么那么稳重那么文静啊！我不宜做办公室工作，去企业跑市场差不多。"林亦南是和她同期考进我们单位的一个女孩。

说她可爱吧，还真是时时从她的话语、表情、动作里满满地溢出来，她在微信上发的那些配图的文字，在我们办公室说话时时不时摆出的姿势，那一颦一笑仿佛都在解读这两字的含义。

还是回到我开头的话题吧。平时我要扭腰三十六下，这时正数到二十四呢，就听到外面吕雨点那甜蜜的呼唤声。总不能装作没听到吧，于是停下扭腰的动作，应答着从盥洗间出来了。

吕雨点向我招招手，一脸神秘偷偷地乐的样子。"邻书姐，来，到阳台去，有好东西。"我心中疑惑着，什么呀？猜想怕是啥好吃的。因为她曾说过她是个吃货。

到了阳台，她拿出手中的一支管状的东西，旋转开上面的盖子，说："来，我给你点一下。是朋友从韩国带给我的遮瑕笔。人家都说，韩国的化妆品是可以吃的，很高档的。"

她给我脸上几处斑点涂抹好后，说："送给你。"紧急着叮嘱道："要记住用啊，这个挺贵的。"继又笑着说："便宜的我也不送给你。我自己也有一支。"

我很不习惯别人给我送东西，因为我平时不善于给他人送东西，所以总觉得平白无故受人赠品有些不好意思，好像我这人就喜欢占小便宜似的。

但我心里很感谢她的这份热情和友好，很感谢她能够想到送我东西，向我表示出欣赏和重视。所以我一连声地说："谢谢，谢谢……"说得自己都觉得没什么底气了。

真的谢谢！

其实，我心里忽然有种强烈的想法，就是希望我也能像她那样，学会去关注她人，热情有加地待人，落落大方地送礼物给欣赏的人，对，用一句时髦的话说，就是——

爱你就大声说出来。

出门有喜

收集缕缕时光,留在生活的记忆里。
剪下帧帧画景,贴在时光的册页上。
一切都将流逝,而一切都存在并相遇过。

——题记

昨天一天宅在家中,感觉脑袋瓜子也成了密闭的盒子,里面除了黑暗,再无一物,想要说点话,写点字,做点啥,都觉得了无生趣。

奇怪了,难道人只有走出去,头脑才能打开?看书也不行吗?看电视也不行吗?现在不是打开电脑,世界便在家门口吗?

还真不是这样!出去,才是获得生动信息并让信息在头脑中生根发芽的唯一途径。

早晨起来,看书,做早饭。但这一切,并没有让我活跃起来,相反,人整个儿僵化了一般。

所以当先生说,出去走走吧,一起去买菜。久不走,感觉身体都发硬了，所有的毛孔都关闭了，身子都变重了的时候，我深有同感，并积极响应他"走出去"的提议。

虽然夏天最怕被太阳晒黑晒得丑陋了，但还是要走出去。

一到户外，不仅眼前变得亮堂了，心也变得亮堂了，身上的每一粒细胞也都睁开了眼睛，欣欣然看这丰富的世界。

夏天的作物正长到极盛时，那树木特别地茂盛，那叶子特别地绿。我们拣那浓密的作物阴凉地里走，为万物如此充满生机而心情雀跃。

太阳照在后背上，从内到外升起一股温热的舒适感。先生说，晒点太阳对人有好处。是的，能补钙是大家都知道的，还能杀菌防癌呢，尤其是每天上午八到十点的太阳，效果最佳。

小区一楼人家门前的小花园里，有不少种满了瓜果蔬菜，藤儿爬满了架。各种花儿围着白色的木栏，开得特别地招摇。概是得益于主人的热爱和精心的侍弄，先生感慨，这些人家肯定是特别热爱生活的。

除了常见的桃子、枇杷、石榴、柿子，我们竟然意外地发现一户人家的门前长了一棵苹果树，上面结满了青色的苹果。哈哈，在这个小区、在整个市区，这怕是唯一的一棵吧，谁家有此雅兴，从哪里移栽过来的呢？

小区里充满了热闹的气氛，人们纷纷往西门菜市场去买菜。这让我感受到，这个小区的人，其实拥有的是一份比较奢侈的生活。富裕的生活条件，舒适的工作环境，有一定的休闲时光。

等候先生在ATM机上取款。孩子放假在家，开销变得大了，得取一部分钱放在身边随时备用。

不再是简单的买菜，精打细算过日子，有时会去饭店潇洒一下，或者突然上街买一件衣服，甚或突然心血来潮，会出去旅游。昨天，一个朋友就又去浙江了，朋友圈里发回了青山隐隐、碧水绕着绿野淙淙流淌的照片。当然，我们家比她的条件要差一些，没有那种说走就走、想起便奔向诗和远方的条件。

路边一十七八岁的男生，骑跨在电瓶车上，手中在翻看一只手机，身前车座上还放了一只手机，都是那种超大屏的。一会儿，他的母亲从ATM机房出来，哦，同事家属。原来，这孩子今晚就要去九寨沟了。"一家子去？""不是哦，跟同学去，不肯带我们父母去啊！"

大学生的暑假，过的是自由王国的生活。和同学一起，天南海北，想旅游旅游，想聚会聚会，想玩网吧玩网吧。要咋的便咋的，反正有父母跟在后面买单。

走到菜场入口处，那边同时也是各种吃食、娱乐场所的入口。一帮六七个花样年华的少女在此徘徊，大概在等人或商量着什么事。一例穿着短到膝盖上的裙子，满溢出青春，漂亮得耀眼。

出去后，见闻多多。看到的是全世界，是中国一座城市的一角。如果一切照此下去，每个人都能够如此安好生活，不是很美吗？如果你心情有一点点忧郁时，建议你出去走走，然后，你会变得快乐起来！

美女的生日宴

朋友中一美女菲今天过生日，约了一桌整整十四位美女与她一起庆生。她的先生也从遥远的大草原赶了回来，成为今晚生日宴会上唯一的爷儿们。

菲美女此前一一打过招呼："大家聚一聚的，不要买东西，礼物一概不收。"一帮美女都是平时一起玩的，大家彼此都这么做，也属寻常。但大家还是会暗暗地记着，悄悄地准备着。

记得去年，这群美女中的何美女过生日，也是这么招呼着来，最后，大家都各自精心赠送了不同的"礼物"，最抢眼的是鲜花了，何美女宴会后在微信群里狠狠秀了一把，确是美滋滋的事，洋溢着幸福。

晚上，开宴前，美女们陆续到来。玲美女带一束雅致的鲜花，微笑着对菲美女说："鲜花送佳人！"这花和菲美女气质十分地契合。娟美女则带了一大捧华美的鲜花，这与她平时乐观大方的习性亦相吻合。陆美女则从大丰植物园用心选一盆植花带来，大概是祝福菲美女永远青葱美丽之意。我也在认真考虑后，送上了一份自觉最满意的祝福：一幅牡丹图。

礼物不在贵贱，不在轻重，不在是否为主人所喜之物。那是大家一片心的寄托，一份浓浓情意的传递，一份深深祝福的送达。

　　晚宴开始，美女们集体举杯祝福今日的寿星，向令人钦佩、喜欢、羡慕的寿星夫妇敬酒。菲美女的先生亦下位，向菲美女表示祝福。这一举止，引得众美女笑谈起他俩的罗曼蒂克史，感叹这两位永远处于"恋爱态"。飞机、火车、小车载过他俩的情深，大草原、首都、盐城见证了他俩的恩爱……

　　夫妻俩在美女们的怂恿中，吃起了交杯酒。菲美女微微侧向其先生的姿势，"最是那一低头的温柔"，一副小鸟依人的样子，满脸洋溢着幸福的笑容。这对夫妻的一言一行，细微地阐释了"互敬互爱""举案齐眉"的含义。

　　觥筹交错，欢声笑语飞……美女们分批次敬酒寿星夫妇，寿星夫妇还敬各位美女，各美女之间互敬互祝……欢乐的气氛在升温，投缘的情谊在弥漫，淡黄色的灯光温馨地洒满了整个餐厅，仿佛也感染了一群美女，快乐和幸福在她们的脸上荡漾开来。

　　待到菜上得差不多，酒过三巡，美女们又闹哄着开始拍照。一个个走T台一般，上得前来，以寿星为中心，或三人，或四人地合影，最后，寿星的先生给所有的美女们来了一张"全家福"。这边刚拍好，那边就已发送到"九仙女群"。既是美的欣赏，又保存下珍贵的记忆，把此刻的温馨、欢乐、友谊、幸福定格成恒久远。

　　这一群美女，有的是同学，有的是同事，有的是亲戚。然后，你带上她，她带上你，就像朋友进微信群一样，渐渐地形成一个相对稳定的联络圈。有活动或有闲时，便或你或她做东，相约着聚一聚。人间缘分很奇妙，使本不相识的人相遇、相识、相知。大家欢聚一堂，共同见证美丽、浪漫、欢乐，增益人生的多姿、多彩！

平淡岁月中的温情

中秋这天上午,大哥大嫂回来了。大哥、弟媳、先生陪爸爸打牌。这是光荣的任务。八十岁的老人,闲时就打一局。这天又下雨,老人正好不用下田劳动。

大嫂在厨房里帮着做饭,妈妈烧火。我觉得过意不去,跑到厨房问:有什么要我弄的。她们就说:你剥板栗吧。可是板栗煮过了,根本剥不了,于是作罢。

我这人在家务上比较懒,大把时间都花在看书上。每次家人团聚,都是大嫂、二嫂、弟媳她们忙家务。"百无一用是书生",什么都不会的我,深觉对不住家人对我的包容。

弟媳有事要去她妈妈家,我便开车送她。先生陪同,他倒是挺有耐心。我知道,陪坐一旁的人最无聊了。所以对他心生感谢。无奇的生活中,这点滴的好,如轻柔的波涛,让生活有一份微微荡漾的温馨。

见我送弟媳,二哥二嫂就齐齐地再三劝我,直接去先生老家,省得再回头。但我不想,他们从那么远的地方回家来,我还是尽可能多陪陪他们吧，也多陪陪爸妈。毕竟，先生老家较近，随便一个周末都可以去。这方面，先生也不错。本来我们打算去他老家的，听说我二哥回来，他便主动让先来我爸妈家。

到了之后，听说二哥中秋后才走，又主动把去那边的时间延后一天。这点上也要感谢他。

没有谁是应该对你好的，一旦别人对你好了，你要怀着感恩，要表示出感恩，也要记住这份好。

晚饭后，妈妈终于早早地睡了，大概是撑不住了。愿上天保佑我妈妈，明天一觉醒来，身体又棒棒的。邻居家老奶奶都九十七岁了，但愿我爸妈也能高寿！白天先生说，爸爸身体好像不太好，说话中气不足。我有些担忧。愿上天保佑我爸妈安好健康！

二哥、先生、我，继续陪爸爸打牌。因二哥明天要回去，所以一局打好，才八点三十分，爸爸就去睡觉了。这和以往的他判若两人。过去，他打牌劲头可大了，有次，打到夜里十一点了，还要再打一局。

在我们家，彼此间的关心，无时不在。

生活看似平淡，没有什么特别的意义，却是平淡中注满了温情。

值班的，不被当人看的

　　从老家来，带了些菱角过来，心想，正好带点给村里值班的丁奶奶。
　　到了值班室，只见一位胖胖的老爹爹在里面打瞌睡。我想，他大概是丁爹爹吧。我敲敲门，他醒了，我将装满菱角的袋子递给他，他不肯收。这大大出乎我的意料，过去单位的看门人，你带个什么土特产送他们，那简直会欢天喜地到不能自抑。
　　经我劝说，他勉强留下了。
　　中午下班，已经走到村部大门外，这时，听到有人在后面小声地叫着："书记！书记！"
　　我转头向后看，是丁爹爹追了上来。
　　我奇怪，又感动着：我才来几天，且很少从他门前经过，跟他几乎都没打过照面，他怎么知道我是谁的呀？这时，丁爹爹小声地叫我到值班室。我以为他有什么话要对我说，原来他是要把菱角退给我。
　　"我不要，你带给其他人吃吧。"我更纳闷了，这么小的东西，他怎么一再地拒收呢？我便说："还有，多着呢，会再带的。这是老家带来的，请你尝尝。"见我很真心诚意的样子,老爹爹突然说:"我们值班的,地位低,不被当人看的。"说时还特紧张地看看外面,似乎怕被别人听到和看到。

我不免无语,原来是这么回事,就这么丁点小东西他们都不敢收!

我动容地对他说,"我不管你是干什么的,反正我当你是亲人!"这话一出口,我看到丁爹爹露出感动的神情。然后收下了菱角。

走在回家的路上,我好久都沉浸在这件事中。这个村是比较富裕的村,把一个看门人就这么不当人,以致造成了这么低声下气、胆怯怕事的样子?

他们是老人,做个看门人有什么丢人的,又比谁低了去了?有钱就有身份,有钱就有地位,有钱就显贵吗?

我这点点菱角,送给其他人人家还看不上,觉得我小气巴拉的,可是,这位丁爹爹却觉得我把他尊重成了贵人,他那么感激的样子,好像这菱角有多金贵似的!

是啊,这菱角确是金贵,确是无价,因为它不仅仅是菱角,它代表着平等、尊重!

提一盏灯，照亮彼此的人生

　　两位老人，七十多年的发小，一路走来，相扶相随，似无还有的温馨！

　　家人因琐碎的生活，积下了怨怼，老了的时候，反倒冷漠，不多闻，不顾问。而两个发小，长年岁月里，总有种牵连，不曾离，也不会弃。

　　孤独了，会跑到发小家中，喝一杯茶，闲扯一气，于是，仿佛又重投家的怀抱，心绪得到抚慰，重拾一份安然、踏实，回到自个的家，虽然仍是一个人，却不再有落单的凄清感。

　　可以那么无忌，为了一件小事，三两语不投，生了气，说几句打击对方的话，然后，摔门走人。回家的路上，便开始生了悔意，懊恨自己的冲动，而那边，似乎总也心有灵犀，又找了由头，托人假借送物件或者取物件，虽未曾明说，却已是彼此传达了希望和解的心思。风雨后的世界更清宁，有过争执的情谊更让人暖暖地感动。更有一份率真，得以闪光在平凡的岁月中。

　　一方有困难时，对方头脑中，好似有接收信号的小无线电波，能真切地感知到。于是，摔倒了，生病了，一人困家中几近绝望时，却会有他破门而入，给以扶持与帮助。不是家人，却胜似家人之亲。

这是我看的一本书，《假如岁月足够长》中的故事，两位发小在孤单岁月里相互照顾的温暖故事。

原来，人生中，还有一缕光，可以照亮平凡的生命，让普通的生命，变得生动、愉悦、温馨、有意义起来。

愿人们在生活中，能拥有这样的一份友谊，不仅有精神上的相通，更有现实的互帮相顾。提一盏友情的灯，照亮并温暖彼此的人生。

第四辑　花木不可辜负
——幸福是何时来敲门的

花事依依

又一个处处花开的季节。我这一生中，最念念不忘的便是花了，一旦有闲时，便会去看花。各个季节的花，都不会错过。如此对花情有独钟，缘于记忆里那些暗香浮动的花影、花事和那些人。

白莲——浪漫的前尘往事

在南通读大学那段时间，常和我先生一起去长春公园玩。一次，走在河边，看到水里开了许多静静的白莲，禁不住赞叹："多好看的花！"先生立即说："我去摘一朵来给你。"河岸较陡，先生找来一根杆子，小心翼翼地拨着花……这是与先生相处以来，第一次发现，原来大大咧咧的他，也有浪漫温情的一面。

牡丹——儿子温馨的童年

到了盐城后,知道附近的便仓镇有一座枯枝牡丹园。年年谷雨前后会开花,吸引大批游人前往观赏。并且有个传说,这花看过头一回后,须得连看三年,否则便不吉利。

我们第一次是一家三口一起去的。乘公交车到便仓站下车后不用询问就能找到目的地。因为一路上熙熙攘攘,尽是前往牡丹园的人,果是"万人空巷为看花"。

去牡丹园的大路,是沙石新铺成的,踩上去很松软。道路的两边,临时摆满了许多小地摊,摊主叫卖着各色美味的地方小吃和各色好玩的小商品。

后来几年,先生没兴趣去了,每次都是我带着儿子一同去。翻开影集,有我那时给儿子拍的许多照片。儿子或依在高高的围栏边,或藏在密密的花叶下。大朵大朵的,紫色的、白色的、黄色的牡丹花,开在儿子小小的笑脸边。现在儿子大了,也不愿意去看花。但我还是坚持每年都去,不只为看花,更为重拾那些美好的记忆。

桃花——那几年的邻里乡亲

儿子小时,邻居家的男人和先生在同一个单位,同时,他家儿子与我家同龄,两家便常常走动。阳春三月的时候,会一同约了去龙冈桃林看花,同行的还有邻居姐姐家的丫头,一行七八人,挤坐公交车,一路欢声笑语奔赴桃林去。到达之后,小孩子们穿梭在老桃树下,嬉闹在黄灿灿的菜花丛中,大人则忙着招呼孩子,顾不上去看那缤纷妖娆的桃花和菜花。有时三个小孩会攀爬到桃树上,各占一个枝头,摆出不同的pose,我们便用相机拍下这画面,记录下那一张张调皮的笑脸。后来各自搬到新的小区，那时的邻居现在已不知在哪里。如今的邻居很少走动，几个家庭举家同游的活动已不再有，于是会常常怀想那几年成群结队去看花的情景。

梨花——老家门前的春天

龙冈除了桃花外，还有大片的梨树林。每到春天，漫山遍野，无边无际，开满了白茫茫的梨花，十分壮观。每每看到龙冈的梨花，我便不由自主想起老家门前的那两棵梨树。每到春节间，我们放假在家时，正当梨树"整枝"的季节。"整枝"后的梨树会花更好果更盛。记忆里，父亲会拿着一把大剪刀，细细地剪去梨树的旁枝和没有打骨朵的枝。父亲一边剪除树枝，一边和我们说话。每当想起，总觉得那时的天气是分外晴朗的，而春天，仿佛就在父亲的手中灿烂着，那雪白的纷扬的满树的梨花，也仿佛正在父亲的笑容里盛开着。

又是一年春风吹，依依往事拂不去。花是美不可言的，而记忆，则是更美的。

乘着快车去南京

闻说盐城开通了去南京的快车，非常便当，我们夫妇俩心下着实高兴，便跃跃欲试，拟乘坐快车去看望在南京读书的儿子。

五月下旬的一个早晨，我们终于坐上了车。真不愧是快车啊，八时零三分发车，到十时五十三分就到了，仅花了不到三个小时。过去开车得三个半小时哩！

而且这一路，好不快意轻扬。

最直观的感受是那叫一个舒适。

蓝皮火车，崭新夺目，一眼望去立觉很舒服。走进车内，更令人心情舒畅。

车身低，显得很平稳。内部环境整洁，座椅用白色棉布蒙着，柔软干净。边上有人说，感觉像是乘坐的飞机。

更有比飞机叫你心悦的地方。

有的座位两两相对，中间折叠式桌子可打开，可打牌，可与对座的人聊天，太惬意了！

多数座位，前椅背上，是一块板子，抽出，放平，可当桌子用，很方便，是不？放上茶杯，打开书，一点也不像汽车那样会因晃动而让眼睛疲劳。

年轻人最舒爽了，把平板电脑置于其上，或看电影，或玩游戏。比在家中还要自由、随心。不经意间，一抬眼，便瞥见他们正自个乐得在傻笑呢。

恰逢端午时节，车窗外的景色，那叫一个"极目楚天舒"！

广阔的平原上，正是麦子熟透时，到处是大片大片的美景。乡村民房又漂亮，多为两层别墅式小楼房。因此，呈现在眼前的是，一幅幅油画般的壮丽盛景：金色的田野，汤汤的河流，森然的树木，一簇一簇的红房子、青房子镶嵌于其中。

我惊异的是，车一天往返三班次，一车乘客一千九百人，总数便可达九千人次，一天竟有这么多人"熙熙来盐城，攘攘往南京"啊！

火车上，最让我印象深刻的是推销物品，简直构成一座独特的流动的商业小镇。好一幅气象万千、热闹鼎盛、繁华兴隆的盛世图景！

一会儿，餐车来了，服务员一边推着小车缓步向前，一边吆喝：方便面、花生、瓜子……抓紧买啊，后面没有了。

一会儿，推销牙刷、老花镜、儿童火车、毛巾、小陀螺的来了。都夸其产品功能独特，价格便宜，买到便赚到，有物有快乐！

再一会儿，推销蓝梅、雪菊、牛奶片的来了。在每个旅客面前放一包，然后再拆开一包分散给旅客品尝，一边流利地推销：

——新疆特产，减肥美容。

——先尝后买，才知好歹。

——好呀，这位美女要一包了哦。

——最后一次了，车快到站啦，要买的抓紧啊……

一个个口吐莲花，说得天上有，地下无，世上无双。诱惑得你钱包里的钞票像小跳跳鼠似的往外蹦！

　　哈哈，三个小时的车，不知不觉间，笑了几笑，买了几买，吃了几吃，就到了！乘坐一班快车，欣赏一路风景，乐见一片世界，安享一番舒心，拥抱一腔欢喜，怎不叫人生满怀感喟与感谢！

眼界宽一点，欢乐多一点

下午要去参加一个会，会场离单位很远。正踌躇如何去，且心中还微有抱怨：为什么把会议室安排那么远，叫人不方便。

真是瞌睡碰上枕头。一位密友恰好来附近办事，顺道来我这里看看我，她单位就在会场边上。一拍即合，我搭她的车。

密友性格开朗，是闺蜜圈中公认的"蕙质兰心女"。一路上，谈吐自是不凡，许多见解总令我有豁然开朗的感觉。果然是"与君一席谈，胜读十年书"。

到达目的地后，密友临时有事，说好的先到她办公室坐坐的计划只好取消。离开会还有好一会，我便决定在附近转转，以打发突然富余出来的时间。

本来上午比较忙，心中便生出些怨气。这一闲下来，心就静了，绷紧的神经松了，那些烦恼也没影了。也忽然觉得那些烦恼好可笑，根本不值得。于是暗暗决心，以后无论多忙，再不轻易让烦恼裹挟自己。

心从容了，再忙也不会觉得烦啊。

李清照是"兴尽晚回舟，误入藕花深处"，我却是随意闲逛，穿过繁密的商业区后，忽地就闯入了一处幽境之地——闹市中心的小公园。

　　初时，我并未意识到这是一座公园，还以为是一家什么单位。但开阔的入口，两边连片的仿古建筑，仿佛无形中在召唤我：进来看看啊，这里面有好玩的去处。抵挡不住好奇心，便信步踱了进去。还奇怪，那值班室的保安，看见我咋不阻拦，不询问的。

　　大概是中午时分，入得园内，一时没见着有人影。因此，觉得园内格外的空寂与安静。加之这淡青灰的天光，渲染出幽微的意境来，叫人心情顿感分外适意。

　　刚才穿过街区，觉得所见之景，一家家的门面房，一块块各不相同的招牌，与我家门前的格局也相似，并无奇特之处，但毕竟都是"初次相逢"，因此，心中依然瞬间有许多新鲜感铺陈开来，心境有打开的感觉，生出欢欣的情绪来。

　　而此刻见到一座未曾见过的公园，看到的是不同的景色，则更是让心情振奋，收获了满满的新奇与愉悦。顷刻之间，全身的每一个细胞都体会到了"惊喜"的感觉。

　　同时，有一个道理也从心中清晰地浮现上来：平时一些郁闷都是见识太少所致。把自己局限在小小的空间里，见有限的人，相遇固定的物，心胸便日渐成了一方极窄的黑暗之所，仿佛一口小小的死水潭。

　　格局大了，心就宽了。而格局从何处来？不间断地去走进新的世界，去相遇未曾遇过的人，见未曾见过的物。然后知道，世界太大，万物太奇，小小的我，生烦生恼，生欲生恨，何其可笑。

　　从身后上来一位大约五十岁模样的男子，手里拎着个白色塑料袋，里面不知放着收音机还是手机，正播放着什么节目。他搭讪我，问我多大。在听了我说出的年纪后，作惊讶状："啊，看不出，你这么年轻。"我暗生得意心。但接下来情形快速反转。他又问我先生年龄，还问你们吵架吗，并捏住手指作推算状。我对他问东问西，心生厌恶，也生不安感。一边快速向前走，势要摆脱他，一边说："不要算命，你就相面吧。"他说："我眼睛看不见！"我看他眼睛好好的，反诘到："你刚才还说我看起来年轻。"他忙辩解："我是听你声音！"

我感觉不妙，快速转上一块高坡。坡顶有两座相连的小亭子，亭内也有两位五十岁左右的男子在聊天，不远处还有两位幼童在玩耍。那人见我拐了弯，大概也看到了亭子中的人，所以跟了一段路后，便转身沿着另一条小路走了。

事后想想，他大概以为我是和老公吵架，一个人跑到公园来散心的。

他那神情，给人感觉就是藏了祸心的。看来，行人稀少的地方，陌生人不能搭理，而且也不能"曲径通幽"，还是往那有人的地方去比较安全。

亭子那边的坡面上，连片长了五六棵老蜡梅树。树上开满了梅花。每棵树看上去都有年代了，因此连片的花树看上去气势蔚然，颇为壮观，把那片天空都渲染得更明媚，更透出暖意来。浓郁的香味扑鼻而来，沁人心脾，真是叫人五脏六腑都超级享受了。

观了些新景象，见了些人事，这胸襟便觉得开阔了些，这头脑便觉得灵光了些，这想法便觉得丰富了些，这心情便觉得活跃了些。

所以有机会，还是要四处走走的，走出一向生活的环境，走进一片崭新的天地。然后会觉得：一切好像都有点意思，这心里，快乐便似有了源头，总会冷冷地多冒出那么一点。

妈妈不许栽桃树

久住城里，向往田园生活，总想着有一处房子，屋后长树，门前种花。"榆柳荫后檐，桃李罗堂前。"多美！

今日回家，恰好邻居栽树，多出两棵桃树苗。在一旁看着的我，无限欢喜，立即跑回家，对爸妈说：

门前栽棵桃树吧。

爸爸没说什么，妈妈却一口回道：不行。

为什么呀？等开花了，多好看，省得我们追到人家桃园去看。

会生虫子！

那就栽在塘边吧，生虫子也不影响。

不行，会淹死的！

我看看门前粗大的电线杆，又坚持道：那就栽电线杆那儿吧，地正好空着。

更不行，鸟儿会停息在上面，拉下多少鸟粪来。

……

后来，再任我不依不饶，妈妈就只一句：反正我不允许！

没法子，在我眼中的美事，在妈妈眼里，却处处是碍事儿。

这就是城里人与农村人的区别吧。

城里人只知桃花好看，桃子好吃，不知这过程中，有多少并不雅、不诗意的经历。所谓的浪漫，有时只是一种不切实际的表象。

又比如田里的草吧。城里人见了会讴歌：野火烧不尽，春风吹又生。并凭此可住京城，混到饭吃。而农村人见了，则诅咒：这杂草，长得像堵墙，除也除不尽，把菜挤得都没地儿长了。

用陶渊明的话说，就是"草盛豆苗稀"。

说到草，桃树风波后，我下田帮妈妈锄草，只一会儿工夫，腰背就疼得似有钩子钩住，怎么也直不起来。而妈妈锄了一会儿，也累得坐在田边歇了半天。

此景，我油然而感：还是城里舒服啊！风吹不着，雨淋不着。有个好工作，逍遥过日子，有时还闲得发慌，寻思着找更多的乐子和刺激。

相比之下，我真心觉得，生活在城里，真正比农村惬意多了。应好好珍惜，时时提醒自己：要节俭着过日子，简朴着行事。实在闲得无聊时，不妨到农村来干一天活，待到累得骨架像散了，然后在城里就安分了。

想至此，此前我还一心要栽桃树，真是羞愧。以后，少想这虚妄的享乐，多感恩已有，实在点过日子吧。

又见小院瓜果盛

　　夏日长，夏日美！夏日在小院里畅意抒情。黄瓜长长地挂下来，无花果依然抱满了树枝。枣树的叶、柿树的叶，密密地遮住了青瓦木窗。葡萄粗壮的藤条，恣意地向上向前方攀延，宽大的叶子，把小院的空间占去了很大一部分。

　　落地玻璃屋内，空调带来满室的清凉。

　　公公人已经老了，絮絮叨叨在重复过去的老事件。婆婆临时有事悄悄出去，他出来就开始查考。

　　年轻时何其骄傲，认为婆婆一介农妇，配不上他这个文艺人才知识分子人民教师。如今，他却一时半刻都离不开婆婆，一眼看不到就到处找寻。

　　衰老得让人心情不能够明朗，然而，婆婆因为还精神，倒是给回家的人以安稳和希望。

　　人都是要老的呀，怎样才能做到始终健康、始终有力量，直到百岁，直到自然地离开这个世界，那样才是最美好的。

年少的时候要努力，不要浪费光阴。年壮的时候，要注意保健，不要作，不要做诸如寻欢作乐、坏脾气、恶声厉语、伤害自己和家人情感的事情。

吃要清淡，动要勤力，遇事要豁达，总喜欢笑对一切安好，以欢喜的心来对待生活的平淡。只要安好，即使没有大富大贵，每天也能开开心心地生活。

有的人，爱贪玩，消耗精力。有的人，喜欢喝酒抽烟，戕害自己的身体健康。更有的人，沾染不良习气，诸如赌博、玩乐不顾回家。不到身体被掏空、被痛苦折磨时，不能醒悟。面对家人的劝说，不但不听，甚至还反感。

这都是愚蠢的表现。

不要嫌弃生活的平淡，妄想寻求刺激。生活本身处处有趣，只要用心去感应。眼睛看到的，是大自然免费给予的许多美的盛宴。情感上体验到的是家人的关心，遇见的是许多让自己变得丰富的人和事。

一切本来很好，一定要打开心里那片能够盛放美事美物、像品蜜一般地品出人生甘甜的空间。

世事本来美好，请不要自寻烦恼。一切都美妙，请用一颗欢喜心去慢慢欣赏。

危险的扁豆

金秋十月，阳光灿烂的日子。

婆婆要去田里摘蔬菜，我嚷着要跟过去。

到了田里，婆婆割韭菜、拔青菜。虽然是小块的地方，可婆婆说，都吃不了。

他们老两口在家吃，这点地方长的菜是足够，但我们回来又吃又带，地方还是嫌小了，菜还是不会够。

大地对人类真是慷慨，蔬菜对人类真是充满了怜爱。你看，青菜长得肥嘟嘟的，人们先把大的拔掉，然后小的又长上来。韭菜则是割了又生，生了再割，一茬又一茬地满足人们的口腹之欲。

婆婆长的蔬菜，精心侍候，很少打农药，因此蔬菜的本味特别浓。早晨，婆婆已经割了韭菜回来，打算中午炒着吃。我们后来再来田地里割韭菜，是为了给带到城里的。

我们择韭菜时，一股浓郁的韭菜的清香直扑鼻腔，浸润肺腑。我脱口赞道："味道真好闻啊！"先生接口感慨道："在城里买的韭菜都闻不到韭菜味。"

我们再到田里摘蔬菜时，是上午接近九点的样子。阳光照得身心暖洋洋的。照得蔬菜的叶子上，露珠闪闪发光。我看婆婆拔的青菜根部沱着好多的泥块，便说，呀，这个泥都带回去啊。婆婆说，回去再择，现在不能抖，泥到处溅的。我信以为真，然后试了试，发现主要是泥太潮了，都沱在一起，抖不下来。

我发现小青菜里还间种了豌豆苗，当我流露出发现这个的惊喜时，婆婆笑着说，拔完了小青菜，就长豌豆。

地不荒长，人不荒时，才有了我们回家时可以有这么多新鲜的蔬菜吃和带啊。

拔好了青菜和韭菜，婆婆忽然发现没带装扁豆的器具，惋惜地说忘记了。我就建议先回家，再过来。

回家拿了篮子，再到河边，我才发现，扁豆好吃，但可难摘了。

昨天到家时，晚饭婆婆就给烧的扁豆，这扁豆又大又饱满又烧得透烂，吃在嘴里满口"好吃"。

所以对于来摘扁豆我是一头的劲，特别兴奋，可现在傻眼了。

扁豆长在河边，扁豆架搭到了水面上，因此扁豆藤就趴伏在水上面。婆婆竟然寸到下面去够着摘，我看着觉得险险的，可别一不小心滑到河里。

我就站着，应该说是愣着，不知道该如何摘扁豆。透过眼面前扁豆藤的缝隙，垂直地向下望去，都看到下面河水发出的银色的闪光，我都有点眩晕了，而婆婆还在一步一步地小心地向前寸。我一次次地叫她"小心点""不要摘了吧"。她都说"没事，我注意就没事""摘到的就摘，摘不到的就不摘"。

说是这么说，可动作却在挑战危险的最大极限的样子。我真不敢想象这是一个八十几岁的老人。

摘了扁豆回来，开始择韭菜。抬头的当口，发现身后竹扁里，晾了一竹扁的青菜，那泥块都不见了，一棵棵干干净净的，眼感特别舒适。婆婆这是什么时候择的呀！

后来我倒忘记了这件事，直到返城到家才想起，便和先生商量起这件事。

"下次回家，你帮助记着问一件事，给人家种的田，一亩地是多少钱的？"

"五百多吧。"

"嗯，这个钱哪怕我们给，不要给人家了，你知道这次奶奶做了个什么事？"

"什么事？"

"在河边摘扁豆，那么陡的地方，要是掉河里得了！把田要回来种蔬菜，河边就不种了。她不听话呀，答应得好好的河边不种东西，可是还是种！"

花的邀请

　　前两年总是听人说,早春梅花,要去盐塘河公园看。心下虽是强烈向往,却因种种缘故,终没能去看成。"明年再去看吧。"心下暗暗对自己期许。

　　前几天有知情人报来花的讯息:梅花已开,去看花吧。心下痒痒的,生怕过了花期。可也有看过的人回来安慰说:早着啦,才黄豆大的花骨朵,不急。

　　估摸时间差不多了,立即呼朋唤友,相约周六去看梅花。不料到了那天,却听闻公公生病,只好回老家,将二老接来养病。看来,看花又得等来年了。

　　上班时,偶然想起此事。真的要一推再推吗?哪天中午抽个空儿去呢?虔诚的心,立马换来梦想成真。今天突然就成行了。

　　那是午饭后,我提议带上公公婆婆去看梅花。他们一听,比我还高兴。立即放下手头的事情,轻步快行,跟我上路了。

　　盐塘河我没去过,根据头脑中别人描绘的一点印象,竟顺利找着了。

紧邻"香苑西园",原来离我家这么近啊!

　　未进梅园,便远远看到满园的梅树。有平地栽的,也有沿坡生长的。"应酬都不暇,一岭是梅花。"大面积种植,自是占尽气势美、壮观美。

　　再走近,香气扑鼻而来。婆婆笑着轻声感叹:怎么这么香!

　　初进梅园,不仅我心头为之一振,连二老都充满欢欣。他们就像刘姥姥进大观园,急急地走向梅园深处,好奇地从一株梅树到另一株梅树,欣赏梅花,吮吸花香。

　　春光明媚,梅花才只初放。满树满枝还以骨朵儿多,只有少数几株盛开的。

　　公公婆婆站在一株梅树前,我给他们拍了张合影。老人温厚地笑着。花,不只属于花样年华的少年人。老人、梅树、花,入镜一样地美。

幸福因你而盛开

被人误会和伤害时，痛苦到发疯，却不知道如何才能走出。真正的伤痛说不出，你和谁都无法说。

蜷缩在家中，心绪狂乱，而此时又不想出去，越发不想出去。只一个劲，躲在阴暗角落里，任凭伤口流血，甚至都想到死。

这时一朋友发来微信，说她从老家回来，带来了莲藕，让我去拿点回来吃。这朋友性格开朗，美丽爱笑，和她在一起，阳光会照进心上，于是，强迫自己起床，并步行去她家。

走到户外，才发现，越是受伤时，越要逼迫自己走出家门，外面的世界，会打开你的心扉，治愈你的伤痛。

因为被别人打击，说我差劲得一塌糊涂，因此，便也妄自菲薄，好像自己真的一无是处，都不配活在这世上，心理上几近要自残的状态。而一步入满目绿色的外面世界，立即觉得那伤我的人，以及我的自伤是多么卑琐无聊。

一丛鸢尾草，数朵艳丽的紫色花，映入眼帘。为其在草丛中、树根下悠然自在的姿态所吸引，不觉走近，细细地欣赏，慢慢地拍照，暂时忘却了迷乱与苦楚的心绪。

一抬头，一树树的绣球花恰恰自在恣意地开在夕照余晖下，又不自觉地移步树下，对着花朵仔细观看。这花开得很素净，不媚不俗，自有一份骨气与独特的清幽。也不曾因为路人嫌弃其无妖娆之姿而自伤，相反，硕大的白色花球缀满了巨大的树冠。

瞧这满园尽带"黄金甲"，我也不知其花名了，只是漫山遍野如燃地开了个花花世界。不知何时，低落的心绪早已烟消云散，心情早已如这热闹的花朵一般地，满心荡漾着欢畅与激情了。

樱花已凋残。不由得想起早春时次第开放的李子花、梅花、海棠花。是啊，每一节令有每一节令的花，只要曾经开过，便值得骄傲。一花才开一花谢。花有繁荣时，也有枯萎时。人有挫败时，也有幸福时，花要顺应自然规律，人要在逆境、顺境中都处之泰然。

被一阵浓郁的花香吸引，又看到一树树的白花刚刚半开，这花也不知是什么花，也如绣球花一样素净无色。不由想到"艳丽的花多无香味，有香味的花多呈素色"，大自然是公平的。而人也如花一样，没有完美的人，所以，有优点不要得意，有不足也不必自卑。

被自然的美景吸引住，不觉忘记了时间。直到朋友打电话来催，才发觉已流连太久，这才依依不舍地离开路旁花园，快步往朋友家。

朋友爱画画，家中摆放着不少她的作品。书房里、阳台上，也摊开了画纸，支起了画架。不由为朋友能在这喧嚣的世界中，独有一份淡然与安静而钦佩。现如今，物质生活快速发展，可是人们的心头越容易荒芜，在欲望的杂草中沉沦。我之所以被伤害，也因相逢了这堆满现代垃圾的心灵。

在朋友家吃罢晚饭，又闲聊了一会。踏着夜色，朋友背着送我的莲藕，陪我走在回家的路上。过了桥，朋友在路旁采一束绿色枝条说，送你，回家用花瓶插上，祝你有个愉快的晚上。然后，与我挥手道别。路灯下朋友的背影，是我今天所见到的最美的画面。

是啊，丑陋的人践踏你的自尊，令你陷入没有自信与快乐的黑暗世界中；美丽的人带你走进开满幸福花朵的画境里。

幸福是何时来敲门的

1

忽然想到一件事，将来也许会让我感到烦，感到难，增加我的负担。心情立即沉重起来，本来计划做的一些事，也没心思去做了。

如果任自己这么想下去，烦躁会像滚雪球一样，越滚越大，最终压得人喘不过气来，简直叫人生无可恋。因为人生确实是常有不意的各种烦恼来袭。你不想有，你想了会更有。

可是我此刻明明有的是闲时间，因为今天是周末。本来很舒服，可以做做家务，或者泡杯咖啡，打开一本书。

想想多么美好的时光，惬意的心情，却被忽然冒出的一个"未来的烦心事"给打碎了，搅乱了。

而我想起来的这"未来的烦心事"，是不是一定会发生呢？记不得在哪篇文章里曾看到过这样一个观念：人们担心的事，90%是不会发生的。

退一步讲，即使发生了，到时也未必就没有办法解决。或者，发生了，说不定坏事中藏着好事，也未可知啊！我为何现在就要去忧心忡忡呢？真是会杞人忧天。

怪不得有人说，神经病都是闲出来的！

这么大好的时光，用来想将来的坏事，把当下的幸福都拒绝在门外了。

所以聪明的，不要去想将来，还是来享受当下的悠闲时光吧，这里面有许多的好处，上天免费馈赠的美事，等待我一一去体会哩。

2

眼下正是春来时节，万物都萌发了勃勃的生机，风光真是有无限韵味。

想起昨天有个包裹落在办公室，早晨便走着去拿。天色微阴，天空中飘着微微的雨丝，空气格外地清新。

各种小鸟儿在低空追逐着飞，好似在嬉戏。花喜鹊踏在高枝上，恰恰叫着，两两响应。

河边的垂柳发了青，叶芽微微地争开了苞，像新生的婴儿般探望着水面。水也绿了，散发出欢畅的气息。

透过樱树的空隙，望向河对岸那边的单位大楼。想到里面还有人在加班，就想，这样的好时光，不出来看看，却关在办公室里，似有点可惜了。

当然，不得不加班也是没法子的事。但就是周末要工作也不值得心烦和抱怨。以享受一切经历的心态面对自己的际遇，便觉得无论是踏青楼外，还是伏案桌前，都各有奇妙之意。

从办公室取过包裹，我选择与来时不同的路往回走。正是在回家的路上忽然想到那件"将来的烦心事"。

当意识到忧思将来，破坏了当下的好心情，浪费了当下的好时光时，我对那份忧思及时进行了刹车。

人到中年，忽然活得明白了。对于"不念过往，不忧将来"有了比较清晰的解悟。

3

当过去一些不好的事情，从头脑中飘过，欲作停留，让我感觉到不快乐时，我会告诉自己：那已经是过去的事。它都过去了，我又何必将它揪来！

过去如果美好，我倒是可以多加回味，让自己再重温幸福。而如果是痛苦的事，我想，它既过去，那就化作了一点好处：让它发生时的那段岁月变得生动和丰富。而至于具体事件，具体过程，我大可以忽略。套用一句话就是：痛苦过去了，故事也忘了。

因为想起故事，除了再痛，更无任何好处。且再度破坏了当下的幸福。

因此，回想故事，简直就是愚蠢的做法了，不想才是明智之举。更好的心态是：感谢，"啊，幸好它是'过去'"！感谢，"幸好，我当下没有再受这份痛！"

看，换好的心态，坏事都变成了好事，这才是聪明人的行事！而当下静好，我且尽情享用，这是更聪明人的行事！至于当下好像不太妙，我则于不妙里去找妙处，那又是最聪明的人的行事了！

因此，最聪明的人，想幸福事，找幸福事，享受幸福事，最后，成为幸福人！

下乡日记

5月19日：粽香飘荡

虽然周五，却在晚上回到了老家。也是先生一片好心，提前下班，才得以今日回乡。

车停稳在门前那熟悉的水泥场上时，已是晚上八点多钟了，于是，直接开始吃晚饭，妈妈一边端上一盆粽子，一边说，听说你回来，特地裹的粽子，中午都没睡，这是豆瓣的，红豆的要到明天早晨再煮煮才能吃。

听得心里暖意萦绕，不由动容。

妈妈知道我喜欢吃粽子，尤其是红豆粽子。每临近端午时节，便会早早地打回粽叶，扎成一把一把的，挂在屋檐下晾晒，然后就等着我们回家时包粽子了。

粽香飘荡，是父母对子女的依依牵挂之心。

5月20日：村庄无人

前段时间，报纸上看到一篇文章，写的是现如今农村里，人多进城了，田园荒芜，只村头一位老爹爹和一棵老槐树，树上鹊窝犹在。

村庄前的大路上走一遭，实实在在体会了这种景象。

农村景色是漂亮了，天广地阔，鸟鸣声声。

我最喜欢临窗而坐，静静地看外面远远近近的绿树，七彩的田野，宛如一幅美丽的油画。

可惜，沃野千里，却少有人在田中劳动，只偶见一二身影，也是白发驼背的老人。

到了晚上，星空朦胧，四野笼罩于浓浓的夜色中，村子被淹没于一片黑暗里。记得单位一领导到农村开展活动，住农家，回来后说，到了晚上，又空旷又黑暗又寂静，怪吓人的。

此刻，置身于空寂无声，黑不见影的村子前，对这位领导的话，感同身受！以前还曾规划过退休后，回老家过田园生活。要真实现这个梦，看来得养一只大黄狗才敢在此生活啊。

5月21日：读书的好处

妈妈坐廊檐荫凉处择韭菜，我去帮忙。

见我打把遮阳伞从太阳下走来，妈妈感叹，都是读书的好处，要在农村，头都要被太阳暴晒破了。

是啊，我现在生活在城里，出入都严遮密裹的。若生活在农村，哪还有闲工夫这么讲究。

果然妈妈接着说：现在农村里，哪家不是夜里就起来，草草弄点吃的，就到田里采摘胡椒，都摘到十一点钟，再送去卖。

我看看时间，这才十点多点，太阳已经晒得热烘烘的了，眼睛在太阳底下都睁不开。

妈妈又接着忆起我复读的一桩事来。

那时你爸送你去复读，到半路上，你眼泪汪汪的，不肯去，你爸很生气，父女僵持在路上，一旁一个老爹爹说：读什么书，又花钱，又没用，让她回去种田去。

妈妈这一说，我也想起来了。当时是羞于复读，所以不肯去校。后来，听了那老爹爹的多嘴，想到暑假里我在田里锄草，脸被阳光晒黑成煤炭。干农活真是太辛苦了，便又一边流泪一边随着爸爸，继续踏着自行车往复读的学校而去。

　　农人实在是辛苦。田园风光虽然美丽如画，农活却一点也不浪漫。

　　大清早，爸妈收割花菜，三轮车里装得满满的。八十岁的老人，驮着到外面去卖。快到第一家收购点，老远人家就摇手，不要了，不要了。又驮到第二家，一看，这花菜个头小，你到别家去看看吧。再驮到第三家，磅秤称一称，一百三十斤，一百斤记账，另三十斤放一边，黄的，没人要时你还拿回家。才三毛钱一斤，总共才能卖三十元钱。

　　所以农村里，现在是人走村空，只剩下些七老八十的老人，守着这片曾经养活了祖祖辈辈几代人的土地。

中秋在幸福村

1

早晨，从盐城出发，前往一个叫幸福村的地方，那是最让我安心踏实的地方，生于此、长于此，根脉所在。

我和先生两个人先到家，一个多小时后，二哥也到了家。他这次一人回来，家人们、尤其是可爱的小孙女，因为疫情没有回来，也是一大遗憾吧。

中饭是二哥亲自掌厨，妈妈就给他当助手，母子俩忙得不亦乐乎。这样的画面温馨且幸福。我则在菜做好装盘后，帮助端到"餐厅"那儿。

在餐桌上，爸爸就宣布，中饭后休息一会儿，三点钟开始打牌。午休的当口，表姐过来，让晚上都到她家吃饭，她儿子、儿媳、孙子也回来了，但是吃过晚饭后，还要回学校，因此叮嘱我们早点去。

下午一局牌还没打结束，我们打到 A，爸爸和二哥打对家，他们才打到 K。表姐就骑了自行车过来，我们还以为她到田里去的，原来是来请我们过去。

看着太阳高，吃着吃着，一会儿天光就暗淡下来。然后，姨侄一家先回去。我叮嘱他，路上慢慢开，防止农村道路上，不时会冒出人来。

表姐忙了一桌农家菜：煮蚕豆、煮豇豆、韭菜炒百叶、炸肉圆、冬瓜烩蛤子、炸花生米，同时还有芋头烧肉、麻辣鸡。

对了，门前场地上，晒着新收上来的花生，看了养眼又舒心，闻着新花生的清香气息，感觉五脏六腑都得到了滋养，健康指数立即上涨了哩。

2

九月，秋高气爽。到了农村，景致尤其漂亮。蓝天白云，绿满大地。到傍晚时，晚霞满天，蔚为壮观。

西天的红霞，把东面升上来的月亮都映红了。月亮又大又圆，眼看着从地平线、从高大的绿树后面，缓缓地升上来。

一会儿后，树冠染墨，月亮越过树梢，渐向中天。

这时，四处炸开礼花，爆竹声也处处响起。农家人们开始敬月亮。

孩子们开心极了，在门前广场上嬉戏、奔跑、大叫大嚷，更增添了节日的热闹欢乐气氛。

3

今天，大哥大嫂也回来，然后，再把姑表姐、表姐夫请过来，舅表哥、表嫂也请来，大大小小十一个人，热闹欢腾地吃中饭。

下午，他们几个打牌，我和妈妈、大嫂以及姑表姐在厨房里聊天。主要是我说，说在单位里的一些事。

二哥是吃过中饭就出发,大哥、大嫂大概四点的时候出发,大家都走了,只剩下我和先生二人在家。

　　世界一下子安静下来。

　　后边邻居家小孩也不闹了,我估计他们本来是两个小孩在一起玩,所以才会咯咯笑得欢。现在一个走了,剩下一个,就不好玩,也就少了开心的大笑。

　　百无聊赖的我,就到田头转转。发现水稻似乎才抽穗,散发出稻香味。只是机械种植的缘故,显得很密匝,感觉水稻们之间挤得透不过气来。

　　东邻人家,房子修好,空放那儿。门前田地上,种了四排黄杨树,还未长得高,以后会不会长得挡住了他家的房子,从南边再也看不到了呢。

　　东邻是发小,前阵儿遇见,说老了一起回来养老。其实是不可能的,各人届时都跟了孩子去,故乡还是回不来的。

多彩盐城

  本以为，我所住的小区很漂亮，绿树环抱，四时花开。但今日，到傍晚时，出去随便走了走，忽然发现，我这感觉，原来是坐井观天。

  平时上班两点一线，周末也不是宅家里就是去乡下。浑然不知"山中方一日，世上已千年"。就家附近，这几年的变化翻天覆地。

绿色的城

  到处都是绿。路边，绿树成荫，小区内，绿树与高楼交相辉映。

  刚一出门，沿着攀满蔷薇枝条的围墙南行，扑面而来的便是满眼的绿。人行道两旁，机动车道的两旁，都是绿树夹道。我最喜爱，那小区内的树，高大的冠盖，伸出墙头，与路边的树相接，形成一片林荫。走在其下，有种被庇护的安谧与惬意。

  满架秋风扁豆花。城里这段尚未开发的地块，竟被附近勤快的人种上了农作物。倒也形成了一道独特的景致——闹市田园，喧嚣里藏着恬适。

书香的城

转眼间,新小区如雨后春笋般冒了出来。几乎每个小区都有幼儿园,隔不远处便有一所小学。

伴着小学相应而生的是书店。除了卖小学生教辅用书籍的小门市外,这边还专门开辟了阅读广场。河旁街心,矗立着两座读书的好去处:"托馥书院"和"融书阁"。

这又是闹市中的幽静去处。走进去,置身那氛围中,受书的熏陶,心变得沉静,不再浮躁。

都市的城

我印象里,盐城是一座小城。不长的街,简易的门市;不太多的小区,矮趴趴的房子。

错了!

不要说如今纵横交错的高架,托起了气势恢宏的一座城,单是无限地绵延出去的一座座毗连的小区,就让人恍然置身在大都市中。

毕竟是江苏土地面积第一大市。虽到处高楼林立,小区簇拥,但并不显得拥挤。给人的感觉,依然是开阔与轩昂。

城南这一块的建筑,多以欧风为主格调,因此,大气中又透显出雅致。房子,既是居所,也是景观。门面也都既不失大都市的华丽,又显出地广之城的宽宏。

宜居的城

二三线城市,人们生活的舒适度要高些。这一点,沿路也可以感受到这些气象。

人们安居乐业，各做各的活计。从几家门市前经过，见到人们都是手里忙着活，脸上挂着笑。和来客相谈也甚欢。

小孩子们就在门前，自得其乐。有的在奔跑打闹。有的一个人也玩得很开心。我看到一个三四岁的小男孩，两张小木凳，他就玩得不亦乐乎。

美食的城

盐城这几年吃上是非常兴盛，到处是餐馆。各色菜系在这座城里汇集，滋养了这座城里人的胃口。

本邦美食，外地美食。高端美食，特色小吃。美食街，零散小店。想吃什么，去远就近，都可以满足味蕾所需。

我走的这一边，有一条欧风花街，大江南北、国内海外，音乐、书吧、鲜花、咖啡，样样具有。每到晚上，光影闪烁，人影幢幢。笑语与美味齐飞。

但我要说的不是这条街，而是由此向南不远处，一条普通道路旁的小吃店。这家小吃店里的各色小吃，光看名字就叫人流口水。当然知道好吃，是常常看到店堂内每每客满为患。

但其实我最喜欢的是小店门前的瓷炉烧饼。在牛肉、黑芝麻、白糖、五花肉等各色馅心中，我又最喜欢黑芝麻的，常常就做了那围炉等饼人群中的一员。

就这么随便走走，发现这座城市是真漂亮。生活在这样的城里，我都不想老去了。

曲阜印象：见证一种树精神，服了！

千年松，万年柏。曲阜的市树是柏树。春光灿烂的四月，踏上曲阜圣地，被一株一株的柏树所感动。

柏树四季常青，且生命力特别强韧！所到之处，几百年，上千年的柏树，比比皆是。

特别粗壮的树身，既让人不忍卒睹，又让人望而生敬。

不少树根部已经枯裂，感觉应该已经"死去"，但它整棵树偏偏就是活着的。

有的树中间都蛀空，就剩下一张树皮，也还活着。

树的顶部，树冠往往很小，叶子极稀少，像秃子的头发。觉得与高大粗壮的树身极不相称。简直整棵树就给人奄奄一息的感觉。

树上端，许多粗树枝、细树枝，都断了，呈撕裂状断掉，剩下光秃秃的断杆。据说是因风霜积雪覆压冻折所至。

绝大多数树身扭得跟超级麻花一般，让人感觉树们是怎样拼着劲儿，忍受着痛苦，扭抱着抵抗恶劣的环境，才得以向上生长的。

绝大多数的树身上都长着各种"巨瘤",或者更怪异的"疤痕"一般的凸体,依附树身向上攀爬。我们所见形状有的像巨蟾蜍,有的像巨大的耳朵,有的像大乌龟,有的像遨游的虬龙,有的像丹凤朝阳,不一而足。

大多数树皆是满目疮痍啊。直叫人明白,它们是多么顽强地与大自然中各种侵害作殊死搏斗,而后才得以存活下来。

柏树能够活万年,我发现可能还有另一个原因,就是柏树生长期特慢,而"年轻"的柏树,往往极不成材,简直就像是杂丛。因此它得以避免被人砍伐使用的命运。

人在遇到困境,觉得自己渺小无用时,或许可以借鉴柏树的这种精神。

想想柏树的忍耐、顽强,不怕不成材,不惧蛀空和冻折,自己遭逢的那点小痛小痒的就算不得什么了。想做什么事,也不必总担心成功为何总是遥遥无期呢。

嫌自己颜值不高的,也比比这树。

"岁寒,然后知松柏之后凋也。"人啊,失意的时候去看看大海;郁闷的时候去看看森林;而痛苦,觉得啥事儿都坚持不下去的时候呢,去看看柏树吧!

然后觉得,人间万事都值得!

春日携友同游，觉时光甚好

清早七点，我就从家中出发，拟一路看看路边的景色。走到半路，想起友人家就在前方，便微信她：

在吗？

在！

一起吃早饭？

好！水街？

水街就在友人家旁边，一路之隔。一例仿明清建筑。南北走向。因依傍串场河而得名。

嫌发微信费事，干脆电话拨过去。友人咯咯地笑：

怎么这么早？

趁休息日，出来看看，各种花都开了。想在水街吃什么？

豆花。

哈哈，友人一说，我就想起上次在那家吃罢早点，拔脚走人，忘记付款的事。

友人说，她还在床上呢。于是，走到友人家小区内等她。一进门，便见春节时挂上的一树一树的红灯笼尤在，而一树一树的花也开了，直是感叹时光飞逝。

和友人走进那家早点店时，映入眼里的，依然是黑压压的人头攒动。和上次一样，周日在这家吃早点的人就是多。友人立即笑着说：这次可别再不给钱。

呵呵，我们会心而笑。

人生苦短，和友人一起留下了一些欢乐有趣的记忆，想来也是弥足珍贵的事情。

吃罢早点，友人提议到附近的盐渎公园转一圈。于是，沿着水街步行过去。

公园里已有不少游人。从南门进去，迎接我们的首先是四五棵开得正盛的樱花树。漫天的白樱花，给了我们大大的惊喜，下意识地便立即加快步伐向树奔去。抬头仰望，樱花仿佛雪雾一般，把头顶上方的天空给遮蔽得白茫茫一片。

再向前走，便是一块海棠园。园中尽栽垂丝海棠，刚才的樱花是盛开，而这里的海棠才只半开。友人特别喜欢这种花，告诉我每一簇花有七朵。

我数了数，果然是的。

跟在友人后面，还学到了如何识别牡丹和芍药。因为接着我们迎面而遇两块花圃，长着两种外形好似一模一样的花植，刚打着朵。友人一见，便说左手边的是牡丹，右手边的是芍药。我觉得太神奇了，问她是如何区别的。友人说，牡丹是木本科，因此枝杆看上去像树。而芍药看上去就只有茎。

河边的连翘开着黄色的花朵，友人跑过去，拍了照。并且给题个名字：生机。我打趣花木怡情，立竿见影，友人分分钟说话就满是诗意。

友人说，你看，连翘的花仿佛从枯枝上开出的，不是生机吗？

看看还真是这感觉。

再走，便遇见了几株低矮的樱树，有红色，也有白色。与先前单瓣碎花不同，这种是重瓣的大朵的花，枝条上簇满，非常拥挤，给人争相开放的感觉。有一株粉红的，到底是桃花还是樱花引起游人争论。有说是桃花，因为叶子是尖的，而樱花的叶子是圆的。有说桃花开得疏松些，不会这么簇拥着开。

谁对谁错呢？只有园艺人员能给出标准答案了。

走过一片桃林时，友人说：桃花还都没开。嗨，她这话把我腰都笑弯了。桃花都落了，好吧。于是，我指着绿叶中还残留的"花梗"给友人看。友人这才恍然：啊，错过了桃花。

不过，桃树本身就很有欣赏价值，树型都很美。我和友人共识：桃树是天生的造型师。

走过一片紫荆林时，友人说紫荆花的颜色最正。再与边上几株人工嫁接的樱树相比，友人说道，自然生长的树很漂亮，人工嫁接反弄巧成拙。

还真是的，所有人工嫁接的树，在我们眼中，好像便失去了味道，丢了那种天然的神韵。

此间，还遇见了其他品种的海棠，遇见了丁香、郁金香，自然还有少不了的一树一树的玉兰花。这后两种花，友人不喜欢，说花的姿态单一、呆板。

沿着公园最外沿一圈下来，识花、评花、议花、赏花，意犹未尽。友人提议再从中间的路上转半圈。

这一走进去，发现前面看见的花，都是小儿科。最大的惊喜在这条路上呢。

跨过一座桥，迎面满眼是雪雾的海洋一般的樱花，原来这是一条樱花大道。路上游人也比刚才多了许多，原来都聚到这处盛景地方来了。

看着樱花大道，我不由想起去年秋天我们一起去新沂看银杏时光隧道来。友人就慨叹：跑那么远去看，家门前的景倒不看，还是免费的。两个人不免又笑。

今日阳光不错，但是风儿也不小。因此，樱花可就惨了，风一吹，纷纷飘落，如雨一般。一位三岁左右的小男孩，一边在"雨"中快乐地奔跑，一边问他爸爸：这是下雪吗？

还有一位五岁左右的小女孩，让她爷爷摘花枝。她爷爷把花枝拉到低处来，让她看，并说：花是用来欣赏的，可不能摘。

友人想到此前，她把一枝连翘摘下来，插在我的肩包上，还在后面拍照，夸真好看。此时，听了这位"爷爷"的话，不免不好意思地笑了笑。

走出樱花大道。友人问我：我建议再转转，没有让你白来吧？我则回她，嗯，这个要感谢你，看到这么让人惊艳的樱花。但是你也要感谢我，要不是我早上叫你，怕是你就不出来了。

友人说：是的，本来准备宅家中，到中午时再去婆婆那边混午饭的。

呵呵，不出来，不知道自己会错过了怎样的大好春光呢。不出来，不知道桃花早已谢了，各种花儿也会匆匆开过呢。不出来，就不会感悟到，人生如花，虽美丽，却匆匆，所以要珍惜呢。

好吧，周日，有友人相伴，有春花可赏，有和暖的阳光可晒。如此，觉得时光甚好！

第五辑　美食不可辜负
　　——抵不住溱味的诱惑

美食的故事

1. 喜见粽子

　　昨天，我们去超市里买糯米，准备今天回来时，让婆婆包粽子。
　　买之前，先生打电话给婆婆，提及我们的意思。婆婆说，家中有糯米，但没有苇叶，包不成啊。
　　只好作罢，糯米不买了。意兴阑珊，心想，粽子吃不成了。
　　今天到家，见门前晾衣绳上挂一只篮子，上面覆盖了一条毛巾。好奇心驱使，我上前掀开毛巾看里面是什么。哈，竟然是粽子！
　　就问婆婆，怎么有粽子的。婆婆说，你们说要买糯米回来包粽子，我想，可能你们想吃粽子了，就找，真找到苇叶，便包了粽子。
　　篮子里总共有十四五只粽子。婆婆包的粽子，个头小小巧巧，精致玲珑。我几次去掀开毛巾，看了又看。怎么看怎么喜爱这些粽子。
　　我对婆婆说："你包的粽子好看，像艺术品。"她轻笑笑说："还好看啊？"

婆婆对我如此好，真的让我感动。

我只是这么一提，她说没有苇叶，我便已经作罢了，不再念想。没想到，她还是放在心上，并且不动声色地就包了粽子，也没告诉我们，让我回来有了这个惊喜。

婆婆包粽子，并不是件容易的事。她有田里的蔬菜要照料，有公公要她照应。

我只不过是个媳妇，这种我想吃个什么，就尽力去准备的，过去只有我妈妈一个人会做到。今天，婆婆对我的行为，俨然就是对自己女儿的行为了。

我真是幸运啊！谢谢！

2. 三枚无花果

早饭后，忽然发现桌上放了一只塑料袋子，小小的，白色的，里面隐约透出青色。我正疑惑装的是什么。

这时婆婆伸手拿过袋子，打开来，边给我看，边说道："是无花果，放在冰箱里，专门等你回来，留给你的。"

我一听，满心喜悦，满心感动。赶紧接过袋子，一看，里面三枚无花果，颗颗个头大，颜色还是绿的，只略微有小块的红印。

哈哈，这是婆婆从鸟嘴里抢下来的果子。

现在长果树，对鸟儿防不胜防。果子不熟时，鸟儿理都不理，果子一旦熟了，它转眼间给你吃光，叫你根本吃不到。

院子里的无花果树，去年结了许多，一颗没吃到。今年结得也不少，上上周回去时，婆婆指着枝头一颗大果子说，那颗好像熟了。摘下来一看，已被鸟儿啄过，只好扔掉。

所以这三枚无花果，是婆婆和鸟儿抢时间、争速度，趁将熟未熟之时摘下来的。

因为没有在枝上长到自然熟，口感确实略差了些，但能吃到已经不错了。

3. 红彤彤的柿子挂满树

十月中旬，傍晚，一到家，便见小院里的柿子树上，挂满了又红又大又饱满的柿子。

"柿子这么红啊？"我惊喜地问道。

"嗯，已经被鸟儿吃掉不少了，明天你们把柿子摘下来。"婆婆笑盈盈地告诉我。

回家之前，我还担心柿子已经都被摘了，这次过了吃柿子的季节，要吃新鲜的柿子，怕是要等到明年了。

没想到，却收获了柿子仍然挂在枝头的喜悦。

我还有一层感动。

往年我们回家，往往柿子稍显红，就被摘下来，带到城里，放上一段时间，让柿子变红变熟，然后再享受。

而今天看到的柿子，那么红，基本上挂在树上熟了，没有摘下来。

一定是婆婆怕摘下来，待我们回家时，红得过掉，或者放得久，变坏变得不新鲜变得不好吃了，因此，就让柿子继续挂在树上，直到我们回家。

家中小院里这棵柿子树长了好多年，我们吃它的果也已经好多年。哪年都没见到柿子挂在树上红到这个程度。一个个，真是红红的小灯笼，又好看，又饱满，诱惑得人直接想摘下来就吃。

今年回来晚了，不但没有错过吃柿子，看来，还要吃到自然熟的柿子了。

腊月里特有的幸福事

腊月黄天,归家正当时。

周末,我和先生驱车回青蒲,看望先生的父母。这个季节回家,别有许多与平常不同的幸福事,在把我们等候。

随着小车向前,老家越来越近。路两旁的景观在眼前徐徐打开。

虽是深冬季节,但连日来,天空晴明,气温和暖。两旁的老柳树,冠枝披离,如烟笼雾绕,似含情带羞。不免让人想起徐志摩的诗句,"那河畔的金柳,是夕阳中的新娘"。当然,现在是上午十点的天光。

满天弥漫着、荡漾着,春节来临前,特有的喜庆气息,投射到心里,叫人满心里泛滥起明媚快乐来。

进入老家的小巷,亲切、热情,迎面而来,乡邻的问候,一路相接。

走过长长的小巷,推开家的院门,迎接我们的是温馨,是欢欣。两位老人,站在家门前,笑容可掬,问一声"回来啦!"我们的心情立马如一池春水,推开一波一波欢快的涟漪。

老人一个电话,家住附近的小叔两口子过来了。

弟媳是个勤快人，不停地在主屋与厨房间跑来跑去，笑盈盈地盛饭端菜摆筷子。

"家兄酷似老父亲，一对沉默寡言人，可曾闲来愁沽酒。"父子仨端起小酒杯，可说的话儿如泉水不断流地往外涌。从家事聊到时事，从工作聊到村里人家开的公司……不知不觉，几个时辰悄然过去。

见木桶里浸泡着糯米，问老人，原来是与我们同城的大伯想吃家乡的"米团"了。

晚饭后，两位老人就在厨房里忙碌开来。公公做米团，婆婆则烧火置蒸笼，忙得不亦乐乎。

公公先是将糯米粉用水调和，揉成一大块面团，再揪成一小块、一小块。搓匀了，擀成小饼状，包入馅心（青菜、豆沙、芝麻），再揉成团，放进先前浸泡的糯米中，滚几滚，粘上一层糯米粒，再然后放进蒸笼里。蒸熟，米团便做成了。

刚出笼的米团外面的米粒亮晶晶的，似粒粒晶莹的珍珠，因此这种米团又叫珍珠团。

厨房不大，堆着高高的稻草堆。我在一旁看着两位老人忙碌，一边和他们拉家常。三个人在厨房里，就显得有些挤挤挨挨的，但暖和、热闹和笑声，如那锅上的热气，蒸腾缭绕了一屋子，也鼓满了我的身心。

白天的时候，记得坐在堂屋里，晒着暖洋洋的太阳，公公无比欢喜地告诉我们，大伯给他们买了好几件羽绒服；又拿起一双皮鞋说，看，还买的新皮鞋，幸福感溢于言表。

说完，又感叹道，现在真是享福啊，过去穿也穿不了，吃也吃不了。公公说这话时，我联想到小时候，过年想要添件新衣裳，那简直比做皇帝还要让人更心念之，想绕之。

第二天早晨，因先生工作上有事要处理，吃过早饭我们就得急急往回赶。于是，两位老人起了个大早，到田地里，挑回了青菜、大蒜。

早晨是下了霜的,到我们起来时,见人家屋瓦上还蒙着一层薄薄的白霜。翠绿的蔬菜上也是如此,霜毫闪烁。

我们便载着这些着霜的蔬菜,载着头天晚上蒸的珍珠团,还载着两位老人的叮咛,载着邻居的笑容,开上了回城的路。

人在画里行,心在幸福的年光里笑。忽想起齐白石《松鹰图》上的两句题联,不免在心里轻轻念起——

人生长寿,天下太平!

就这家面馆

今日周末，晨起，先生惊呼："呀，下雨了，凉快，到外面去。小区东门对面，新开了一家面馆，去吃早饭吧。"

积极响应。

走出户外，扑面的凉爽。天空中飘着稀疏的雨丝。我和先生异口同声地说："不用打伞了，雨里走走舒服。"

这是秋老虎肆虐后的第一场雨，给连日燠热一个喝退，给人们带来了清凉的喜悦。不几步，便到了面馆。名字就叫"就这家面馆"。进去，一楼地方不大，放着五张二人坐的小桌。靠一侧墙面有镂空的楼梯上去，估计是隔出的空间，以供面馆人家居住。

面馆内已有母子三人在里面用餐。后来坐定后发觉那个小的孩子，大概是放开政策后生的二宝，才两三岁的样子。坐在母亲旁边，很不安分，一头扎在手机斗地主里。先生感叹："这么小的孩子就玩斗地主！"我心里也在暗恨商家开发这种游戏害了孩子。那母亲任由孩子玩，不时喂孩子吃一口。我又暗怪她纵容孩子，这样孩子长大后会成人吗？大概有了二宝后，大宝的地位下降。坐在对面的女孩十五六岁模样，始终低着头，默默地吃着早餐。

  我们一进来，就走到餐品目录牌前，仰头搜寻要点的早餐。圆脸白净面庞的老板娘介绍说："第一排是拌面，第二排是红汤面，第三排是白汤面，第四排是盖浇饭……"

  跟她三十几岁年纪般配的声音，脆生生的，伴着笑，充满了热情和活力。我点了一份虾仁土鸡蛋拌面，先生点了一份白汤雪菜肉丝面。他的面价十四元，是我面价的一半。

  一会儿，面端上来。广口的大白瓷碗的底部，紧致地盘了一团面条，面条上面是虾仁拌菜。底菜有翠绿鲜嫩的青椒丝，棕色香菇块、晶莹玉白的洋葱丁、金黄色蓬松的炒鸡蛋。八九颗雪白的大虾仁分布在底菜上，像是几只白鹅隐隐约约在草丛中。

  老板娘又端来一小碗清汤放在大面碗的旁边。

  先生一见，食指大涨。一边问我："虾仁好吃吗？"一边也不等我回答，筷子伸向我碗里夹了一只肥嘟嘟的虾仁送进嘴里。

  心疼啊，我就差去打他的筷子了。

  搅拌均匀，夹一筷子面吃一口，呀，顿觉虾仁的味、香菇的味、土鸡蛋的味、洋葱的味，都丝丝融进了面条中。这一口面，咸淡恰好、鲜香美妙，没有言词来说，只能脱口夸道："真好吃！"

  我坐在最里面一张桌子，边上是吧台，后面是厨房间。我面向面馆大门。玻璃门外，是路旁静静站立的一树一树的绿，看了眼舒心畅。叫人满目贪婪地吸绿，满心生幽静、生安宁、生诗意。

  记得来时打这条路上走过时，心里暗暗感叹：这条路虽是小区旁的一条路，一条欧风路，一条市区年轻人喜欢来打卡的路，我却有了一种陌生感，不能融入。

  都是前阵子夏天太热，许久没有打这条路上走的缘故。这么美的一条路，被我辜负了呢。看来以后要经常出来走走，走进美好的景色里。

城里人的早餐

5月，星期六，天空洒着星星的雨点。

先生每天早上上班比我出发早。他周六也上班，而我一般不用。

今天，正想等他走后补个回笼觉，啊，美美的周末！

前段时间太摧残自己了，总是加班，为了提神，咖啡茶叶喝多了，常常搞得夜里失眠，再这么下去，大概会提前几十年做耄耋老人吧。

要放下欲望，放慢心的节奏。

"一起去吃早饭吧！"

没承想，先生突然这么提议。

"就到胖子家。"

"好！"立即穿衣，脸也没洗，怕先生上班来不及呀。

"胖子家"是出小区门不远处的一家餐厅，因老板娘长得白胖胖的，所以我们不叫她家餐厅名，都惯叫"胖子家"。

为了节约时间，先生先去点餐，我随后到。

到餐厅一看，先生自点了一碗粥、一只鸡蛋面饼、一碟豆腐咸菜。

我点了一碗青菜面。

坐定,先生说:"她家还有炝黄瓜咸。"于是又加点了一碟。

好久不这么悠闲了。早饭不是买个饼垫一垫,就是不吃。于是看着眼前的几样早点,我感慨道:舒服,过得像神仙。

"就应该享受,人就应该对自己好一点。"

老板娘一边接过我的话,一边笑嘻嘻地走了过来,倚着我们旁边的一张桌子,笑着又说道:"人就是要吃,想吃就吃,健康是第一位的。"

此时,店里就我们夫妇俩。毕竟不到七点,又是周末。

老板娘三十多岁,长得白肉肉的,像只大面包,鼓鼓的、松软的,又白又细嫩。

以前也来过几次这家餐厅,每次老板娘都很热情。会与你搭腔闲扯。胖子爱笑,边说就会边咯咯咯地大声地笑。这让我想起我高中时有个年轻老师,每每形容她班上四个胖女生时便说:四个大冬瓜,笑起来咯咯咯的。

只是这老板娘可比冬瓜柔软可亲。

先生吃好先走了,我一个人,继续享受早餐。

一会儿,陆续有三四个人进来。老板娘总是笑逐颜开地迎上去。

"哥,吃粥还是吃面?"

"有豆腐咸、蚕豆咸、黄瓜咸,好吃啦——"

她说"好吃啦"三字时,跟她的笑容一样,似乎美味就弥漫开来了,让人觉得面前的普通的咸菜都变成珍馐似的。

"面条有牛肉的、鸡蛋的、大排面,好吃啦——"

"有饼吗?"一客人问。

"有的,有的。"老板娘忙不迭地答应。

每走进一个人,我便心里多一份欢喜。因为平时总是一个人,很冷清。这有人,共在一个二十几平方米的餐厅里吃饭,就像一家人似的,感觉也亲。

于是，我更放慢吃速，并且让老板娘再上了一碟凉拌黄瓜，一碟豆腐咸菜。

有的活跃的人，会和老板娘调侃，于是，屋子里飞满了欢声笑语，和老板娘那招人的晃颤颤的身影。

有的人则比较安静，低头边吃边看手机，又是另一番风景。

呀，真好，这么多人陪着我吃早餐呢！

江南人的面馆

周末,雨比较大。马路上,一辆接一辆的车刷刷而过,更带得风声、雨声盈耳!

近九点了,小区里许多人,撑着伞,从菜场,拎着大袋小袋回来。

通知九点半加班,看看还有时间,我拐到小区西门的吴都面馆。

这面馆是南方人开的。门牌很高,须仰视,尽显侯门威势来。

进得门,一楼集厨房、点餐、用餐于一身,地方又小,显得有些局促。

点餐处对着进门,最角落里,依附着楼梯下一小块地儿,设一柜台。站一服务员。服务员身后墙上,一溜排着四排的木牌。每排挂二十个左右二指长的小牌子。

客人就指着小牌子点面条、饭、菜、点心。

右手边便是就餐区。玻璃橱窗后师傅正忙碌地操作。服务员从小窗口接出客人点的餐点,用一精致的木质托盘端送给客人。另两面贴墙是一排丁字形木桌,中间又放一长条形,桌边是长木凳。桌凳都故意弄得很粗糙,似乎深山老林里的大树砍了,锯成板、上过漆便做成的。

主格调一例仿古,仿天然。走进来,便走进了古色古香的世界。

点好餐,我一般喜欢到楼上去。

楼上雅致些,不像楼下那么简易。又清静,也略显宽松。

四张精制的红方桌,一水儿厚重的红板凳。我挑一张靠窗的空桌坐下。

四面墙上,挂着四帧小画,为烟雨江南景色。

我观察了下,周末,一般是一家人一起来吃早点。

到这里吃的人,应该讲,生活层次是比较高的。

不久,有母女俩也坐到了这桌。那母亲有六十多岁、女儿三十出头的样子。

一会儿,我点的清炒虾仁面端上来了。那母女俩一个是腰花面,一个是大肠面,看上去都够馋人的。

不忍下筷,先拍张照片再吃。

吃着吃着,面下去了,碗边上"吴都面馆"四字显了出来。得,再拍张照片。

对了,这餐具也很有特色:鸭蛋绿的底子上着青色的花,厚重而精美。

吃完面条,那汤我也想喝干净。因碗重,便拟去拿汤匙,却发现被挤在里面,出不去。

正准备叫服务员,这时,那母女俩却热情地站起身去帮我拿,我连忙激动地感谢不迭。

母女俩不知道我喜欢用笔写下所遇,不知道此刻她们的热情已走进我的文字里。

这店里的服务员也挺漂亮的,透着股灵气,连衣服都好看。看,这位服务员着粉红衬衫,外围咖啡色围裙,是不是像韩剧里走出的女主角呢?

稻谷收了

十月底的周末，回乡。

一进庄子，扑面而来的是熟稻谷的香气。

上午到田头转转，见地里的稻谷都收了，稻秸秆有的扎成捆"站"在田里，有的就散散地平铺在田里。

田野，由前些日子的金灿灿黄，一下子变成了"稻草黄"。

有年龄大的爷爷奶奶样的人，到稻田里去捡那铺着的稻草，扎成捆，放到小三轮车上，拉回家去。

"这个弄回去烧火吗？"我问。

"引火啊，盖盖东西。"老人们羞涩地笑着，又说，"人家扎好的我们不弄，就弄散在田里的。"

一个老奶奶，心很大，每捆稻草都扎得很大，小三轮车上装得满荡荡的，尖起小山来。

她把这捆稻草放上去，那捆稻草就滚下来。我去帮助她，抱起地上的稻草捆，下意识地脱口而出"好重"，她一边一迭声地对我说"谢谢"，一边笑着感叹自己："弄不动啊！"

一对老两口，他们心不大，只弄了一大捆，放在小三轮车里，还没平到车厢口。老奶奶在前面拉，老爹爹在后面抬着、推着，把小车从低洼的田头，推上高高的大路。老奶奶浅浅笑着低声对老爹爹说："重量都在你那边。"

老两口看上去很清爽、干净。老爹爹更有斯文气，像个老教师。

他们问我是哪家的，说没见过我。听我介绍后，大笑着说："啊，我们还是表家，你奶奶是我们的二姨妈。"

回来后，我告诉公公婆婆，他们说："是的啊，和你们奶奶是嫡亲的姐妹。他们家儿子就是镇上那个公司的老板。"

我一听，可不吓一跳，这个"老板"的公司规模可大了，资产总有几十个亿，而且利润率很高。据说，他自建的住房就花了上千万。而这老两口，还这么低调，到人家田里去捡一捆稻草，回家作"引火"用。

人家田里的稻草，并不是稀罕物，相反，可以任由别人弄了去。昨晚，我见家中厨房里堆得够到屋顶的稻草，笑问婆婆："你弄的人家的吧。"她笑着说："人家巴不得你弄走。"

是啊，庄子上，不时见到人家房屋墙上，贴着东台市人民政府的通知，不得焚烧秸秆哩。

庄上人家住得密集，空地非常紧张，因此停车场都被占用来晒稻子。远远看上去，像是铺了一张又一张稻谷的地毯。空气里，到处飘荡着香香的新稻谷的气息。

各家门前水泥路上，也晒满了稻谷。人们不停地翻晒，以期趁着几个好太阳，早早地把这香喷喷的稻谷晒干了归仓。

在一个人家门前，我抓起一小把稻谷，看着谷粒似乎较小，剥开来看，米粒晶莹，黄油油的，不是雪白色。

那个在翻晒的大妈笑盈盈地说："这个要机器加工以后就是白的呀。"

又介绍说:"我家是普通的稻,含糖不高。我血糖高,就吃这个普通的米,从不曾吃过药,血糖都降下来了呢。"

回来后,我和婆婆提到,米不是雪白的。婆婆又有新的说法,现在潮,晒干后会变白。

稻草,除了在田里,还有晒在桥栏杆上的。这里是水乡,河多,桥也多,因此,到处便见到桥栏杆上,"骑"晒着稻草。从这样的桥上走过,被软软的、香气散发的新稻草包围着,人也变得愉悦平和起来了。

我笑着对先生说,这桥的作用还真大,黄豆熟时,晒黄豆秸秆,稻子熟了,晒稻草。

这也是水乡特有的一道景致吧!

排队等烧饼及巷口择菜

周日的早餐桌上,有新鲜的煮玉米棒,有婆婆腌制的马齿苋菜,更有一样当地特产:青蒲龙虎斗烧饼。

"排了一个小时才买到烧饼。"婆婆笑眯眯地告诉我们早晨买烧饼的情形。

"人家都买了带到各地去,有的买七八个,有的买几十个,一屋子的人。"

庄上买烧饼人家的盛况,我们早有耳闻,并且亲历过。都怪这烧饼好吃,庄上人吃不够,带到工作的地方去,外地人尝过后,从此也念念难忘。这便有了庄上人每次从外地回来,必定要带烧饼回去的现象。

我喜欢吃青蒲龙虎斗烧饼,但婆婆因为胆囊切除,不宜吃油性食品,因此她便不吃这烧饼,却为了我们吃,大清早去排了一个小时队,我觉得这烧饼就格外好吃了。

这烧饼个头大,平时我的食量,吃半只就差不多。今天早上,我把一整只烧饼都吃了。大高个儿的先生也只吃了半只。他还一边吃,一边感慨："人家怎么把烧饼做得这么好吃！"

我认为这烧饼好吃就在馅上。馅儿调和独特，咸得有味，甜得可口，品咂觉无穷芳香。怎么调制而成，用哪些食物和作料调和而成，我就不得而知了。

吃烧饼是幸福的，老人为我等那么长时间买烧饼我是感动的，可是心里也有愧疚啊。于是边吃烧饼边问婆婆："买烧饼要等这么长时间，那为什么不去买包子啊？"

"包子一个也没有了。"

"为什么呀？"

"天热，庄上人夜里就去上班，老板给每人发两个包子当早饭，然后一直做工到吃中饭回家，下午就不上班了。"

也是，气温这么高，只有趁早凉工作，否则，易出现人员中暑及消耗电能多的情况。

高温人闲，除了带来庄上"包子"脱销的现象，还有一些现象。

一个是捕鱼的人多了。这边是水乡地区，河流多，尤其庄子后面的泰东大河，给人们带来了丰富的水里美味。自从大家有闲后，河里去捕鱼捞虾的人就多了。

第二个现象便是庄子里夜半和白天多了阵阵鼓乐之声。昨晚，都十一点多了，听到这鼓乐声音，我和先生还有一番推理。

先生："你听到鼓乐声了吗？"

我："听到了。"

先生："这时候干什么呀，跳广场舞？"

我："跳广场舞不会这么晚。"

这时我心里掠过一丝隐忧，会不会是报警之声？便对先生说道："跳广场舞也有个坏处，一旦有什么突发情况用鼓声来警示时，大家就会误以为是跳广场舞，不予理睬了。"

到了今天吃早饭的时候，又听到这声音。这就更奇怪了，哪有早晨起来就跳广场舞的。

这时婆婆说道："不是跳广场舞，是在焕中家唱歌。"

我和先生恍然大悟，这就对了呀！庄上人家居住集中，工厂又多，人家富裕，因此许多生活方式和城里差不多。这不，跳广场舞的有，K歌的也有。这个叫焕中的人，家住在泰东大河边。他因势利导，用几条大水泥船，沿河岸建起广场。庄上人晚上就到他家那儿去跳广场舞。

同时，他还扩大"经营项目"，在室内装配K歌设备，这样，喜欢跳舞的就跳舞，喜欢唱歌的就唱歌。夏天在广场上唱，冬天就在室内唱。庄上人的小日子过得红红火火，快乐盈天。

他提供这一切，据说都是免费的。

这第三个现象便是，巷口纳凉、择菜、聊天的人多了。

这边人家，集中居住成庄。一个庄子，内有无数条小巷。由于巷子比较窄小，上方屋檐再两两伸出，这巷子里就基本晒不进太阳。有不少的巷子，走在其中，抬头看天，只看到"一线天"。

这时候，被酷暑困在家中的人，趁早凉去田里取回的蔬菜，便拿到院门外，在巷子里，一边纳凉，一边择菜，一边闲聊天。

择韭菜、撕豇豆、刨丝瓜皮，议庄上的事、议这热得人不敢往外跑的天气、议孩子的事、议手中正在择的蔬菜……一个说："这豇豆怎么像老人啊，苦皱着脸。"一个笑着说："是啊，天干的，没有浇水。"

不时有<u>丝丝</u>的凉风吹来，倒也是惬意的时光。

买海鲜去

最好吃的是山珍海味。

我们这里是平原地区，没有山，但我们占得一半天然恩赐，靠海边，可以吃到最新鲜的海味。

11月初的这次回乡，我们第二天早晨就去距家不远的三仓镇，到那里买海货。

除了农贸市场上有海货外，这里还有一个专一的海鲜市场。

市场外远远地，就有散户在路边摆了海货叫卖。看着特别新鲜，仿佛刚从海水里捕捞上来的。第一眼看到的是推浪鱼，个头挺大，一问，摆摊的老奶奶说，本来十元一斤的，这不要到中午了，便宜卖，九元给你。

我们想着，先要看一圈，整个市场比比货，最后才买呀。

往里走，一旁推车上装得满当当、小山一样的苍扁鱼。喇叭里在叫卖：本厂鲜苍扁，二十元五斤。先生惊讶道："二十元五斤，才四元一斤！""是啊，在我们那儿，起码八元一斤，还不是鲜的，得连着厚厚的冰买回去!"

再向里走,一路上,路边上各种鲜海货摊,文蛤、小眼睛、带鱼、黄鱼、海青鱼、野生对虾……太多太多,我叫不出名字,大的,小的,叫人目不暇接。走到中心市场那边,更是一排摊位接着一排摊位,每个摊位前摆满了各色鱼、虾、蟹。

我们看着,这样也想买,那样也想买。在买了鲜带鱼、推浪鱼、不知名字的鱼后,我们到一开始遇见的那个"二十元五斤"的苍扁鱼堆前。许多人在围着买,卖家老板娘拿了一把巨大的铲锹,直接铲了往袋里装,一个年纪大些的男人负责过秤,实在忙不过来,老板娘吩咐一个八九岁的男孩,负责看人家刷二维码付钱。

我们分两袋装买了一百元的货,准备一半留给我爸我妈,一半我们带回城里。拎着两大袋重实实的苍扁鱼,我想,这分量,在城里得好几百元买下哩。

又根据妈妈的吩咐,买了百叶、茶干。这边的豆制品,与我们在城里吃到的口味又不一样,豆子的本味被得到了充分的保留,更清香可口。

还买了馒头、麻团。边上见有上过中央电视台的蹲门大饼卖,也见不少人在买,但考虑到油炸的,虽然流口水,还是忍住了没有下手。

满载而归。

装回大海的鲜美滋味,装回大海的博大气象,装回农村人淳朴自然的欢喜。